比莉的成长日记

下

[澳]莎莉·瑞萍 著 [澳]阿基·福冈 绘 朱银涛 译

人民东方出版传媒
People's Oriental Publishing & Media
東方出版社
The Oriental Press

图字：01-2016-8023号

图书在版编目（CIP）数据

比莉的成长日记 /（澳）莎莉·瑞萍 著；朱银涛 译. —北京：东方出版社，2018.5
（小桔灯成长阅读）
ISBN 978-7-5207-0282-9

Ⅰ. ①比…　Ⅱ. ①莎…　②朱…　Ⅲ. ①儿童故事—图画故事—澳大利亚—现代
Ⅳ. ① I611.85

中国版本图书馆 CIP 数据核字（2018）第 049763 号

比莉的成长日记
（BILI DE CHENGZHANG RIJI）

作　　者：[澳] 莎莉·瑞萍
绘　　者：[澳] 阿基·福冈
译　　者：朱银涛
策 划 人：吴玉萍
责任编辑：唐　华
责任审校：金学勇　谷轶波　曾庆全
出　　版：东方出版社
发　　行：人民东方出版传媒有限公司
地　　址：北京市东城区东四十条 113 号
邮　　编：100007
印　　刷：北京捷迅佳彩印刷有限公司
版　　次：2018 年 5 月第 1 版
印　　次：2018 年 5 月第 1 次印刷
开　　本：889 毫米 × 1196 毫米　1/16
印　　张：20
字　　数：159 千字
书　　号：ISBN 978-7-5207-0282-9
定　　价：98.80 元
发行电话：（010）85924663　85924644　85924641

目录

小谎言

1

比莉·B·布朗挂着两条彩色固定带，贴着三个粉色的创可贴，头上还缠着一条绷带。你知道“比莉·B·布朗”中的“B”代表什么吗？

“B”代表的是“Broken”——受伤。

比莉·B·布朗和她最好的朋友杰克一起打恐龙，结果比莉被一只恐龙绊倒了，还差点摔得遍体鳞伤。这真是一个可怕的瞬间！

现在，比莉的两只胳膊都断了，头也受了伤。

哈哈，千万别当真啊！比莉和杰克只是在扮演恐龙猎人。现在，猎人杰克正在

假装帮助受伤的比莉包扎。

杰克是比莉的邻居，他们经常在一起玩很多角色扮演的游戏。

“我现在感觉好多了。”比莉说。

她摘下所有的绷带，说：“我们退回去，去抓另一只恐龙吧！”

杰克跟着比莉跑到了外面的花园里。

比莉有一套玩具弓箭，她把箭对准天空，瞄准，发射，箭“嗖”的一声向天上飞去，向上、向上、向上，然后又向下、向下、向下，正好落在了储物棚的屋顶上。

“噢，不！”比莉说，“那可是我们最后一支箭了！”

“没关系。”杰克说，“我们还可以玩儿别的游戏。”

但是比莉不想玩儿别的游戏，她还没玩儿够打猎的游戏呢。

于是比莉爬上了围栏，想看看是否可以找到那支箭。围栏很高，比莉好不容易爬到了可以够着屋顶的地方。

“我看到箭了！”比莉冲着站在下面的杰克喊道，“就在屋顶的边上，我确定我可以够到它。”

“小心点，比莉。”杰克一脸担忧的样子说，“也许我们应该叫爸爸或妈妈来帮忙。”

比莉的身体努力前倾，慢慢地、慢慢地，然后——啊，不！比莉从围栏上重重地摔下去了！砰！

她的胳膊先落的地，疼得她哇哇大叫。

杰克赶紧跑过去问：“你还好吗，比莉？”

比莉的胳膊紧贴在肚子上，疼得在地上不停地打滚。她紧紧闭着眼睛，“哎哟、哎哟、哎哟”地大声叫喊着。

比莉的妈妈听到喊声跑进了花园，在比莉身边蹲下来问：“啊，你怎么了？”

“我从围栏上摔下来了。”比莉号哭着说。

妈妈皱紧了眉头道：“你怎么那么不小心……算了，我得马上送你去医院！”

去医院？尽管比莉的胳膊痛得厉害，但她竟然感到一点点兴奋——这可是真正的紧急时刻啊！

2

比莉的妈妈把小诺亚托付给杰克的妈妈照看，然后开车把比莉送到了医院。一名医生把比莉带进一间特别的屋子，给她照X光片。“嗯——”医生说，“恐怕你的手臂已经骨折了。我

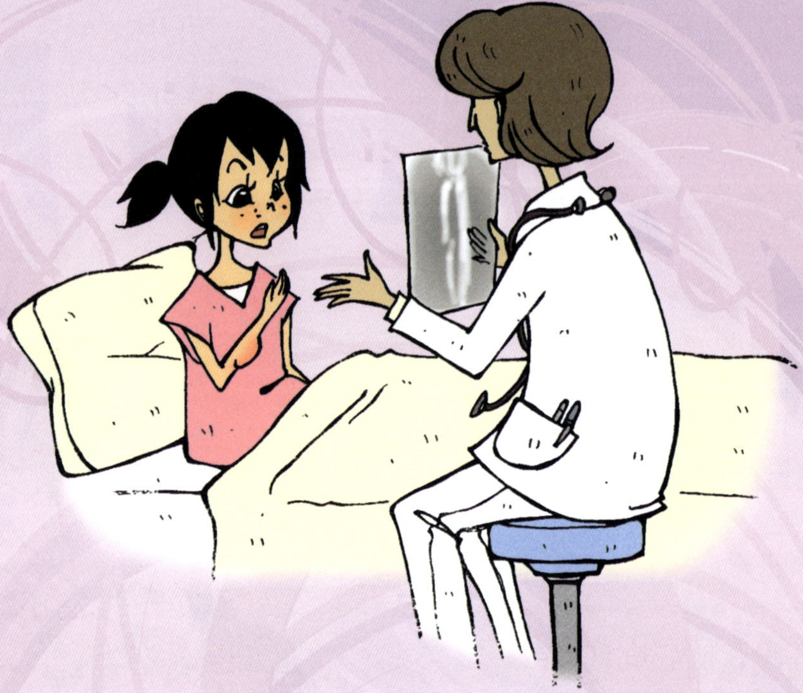

们必须给你做一个石膏绷带固定手臂，直到骨折痊愈才能摘下来。”

一条真正的石膏绷带和一条真正的固定带！比莉都等不及要戴着它们去学校向所有人炫耀一下了。

比莉记得，洛拉曾经拖着扭伤了的脚踝去上学，整天一瘸一拐地到处走，午餐的时候每个人都想挨着她坐。

有一只受伤的胳膊也让人挺兴奋的！

第二天早晨，比莉的爸爸送比莉和杰克去上学。当他们到学校时，波比刚好也在校门口，“噢！”波比问，“你的手臂怎么了，比莉？”

“我摔骨折了！”比莉回答说。

“哇！”波比好奇地问，“你是怎么做到的？”

“她从围栏上摔下来了。”杰克替她回答道。

“真酷！”波比说，“我去告诉艾拉和特蕾西！”她说完就跑开了。

比莉和杰克刚走进操场，很快，特蕾西、艾拉和波比就追上了他们。

“波比说你从围栏上摔下来了，还摔断了胳膊！”艾拉说。

“是的。”比莉感到非常骄傲，所有的女孩都想来看看她的胳膊，这使她觉得自己很特别。

突然，比莉有了一个主意，一个绝妙的主意。

她想到一个办法，可以让每个人都成为她的朋友。

“事实上，我是为了救我弟弟摔伤的。”比莉大声说。

“什么？”杰克说。

比莉赶忙用胳膊肘捅了一下杰克的肋骨。

“我弟弟爬上围栏，被卡住了。”她绘声绘色地讲道，“那个围栏可是真的、真的很高呢。”

“哇！”波比、艾拉和特蕾西齐声说，“这太不可思议了！我们赶快去告诉其他人吧。”她们说完跑进了操场。

“记得告诉洛拉！”比莉在她们后面喊着。

比莉转回身朝杰克笑笑，但是杰克却没有一点儿笑容。

事实上，杰克看上去很不高兴！

3

“怎么了？”比莉问。

杰克皱着眉头说：“根本不是那么回事，你在编故事。”

“那又怎样？”比莉说，“我只不过是在跟她们玩一个小游戏。”

“不，你不是，你在撒谎骗人！”杰克说。

比莉也皱起眉头说：“你不能这么说，这只是一个无关紧要的小玩笑而已。”

“不是的！说谎就是说谎。”杰克说得很坚决。

比莉愤怒地瞪着杰克，杰克也生气地瞪着比莉。

女孩们回来了，这次还多了丽贝卡和洛拉。

“艾拉说你为了救你弟弟摔断了胳膊！”丽贝卡说。她因为

跑得太快了，说话时还气喘吁吁的。

“是的。”比莉说，她就当杰克不存在，“当时，在围栏的另一边，还有一只凶恶的大狗。”

女孩子们一片惊叹，比莉裂开嘴骄傲地笑了。

“事实上，那不是恶狗，而是一条鳄鱼！”她说，“我们的邻居家养了一只凶猛的鳄鱼。”

洛拉用怀疑的眼神看着比莉。“我才不相信呢！”她说，“没有人会拿鳄鱼当宠物，你在撒谎！我敢打赌，你的手臂根本就没有骨折！”

洛拉转身走进了教室，其他的女孩子也都跟着她走了。

“是真的！真的骨折了，千真万确的啊！”比莉在她们身后大声喊着，“你告诉她们啊，杰克？”

比莉回头看着杰克，可是杰克什么也没有说，他丢下比莉一个人走开了。

比莉简直不敢相信眼前的一切。一只受伤的胳膊，原本可以使自己成为学校里最受人欢迎的女孩。而现在，连最好的朋友都不搭理自己了。

比莉在一棵大树下面坐下来，她感觉糟透了。

本来她只是胳膊受伤了，现在，她的心也受伤了，她想回家。

比莉想要的不过是午餐时间每个人都想围在她的身边，都羡慕地摸一摸她的绷带而已，而现在，没有一个人想要坐在她的身边，也没有一个人注意她的绷带。

比莉·B·布朗是个不简单的女孩子，她大胆又活泼，有时候甚至还有一点点专横。

不过大多数时候，比莉·B·布朗是个勇敢的女孩，她知道自己必须做点什么。

她长长地舒了一口气，然后鼓起勇气走进班级教室。

你们觉得她会做什么事情呢?

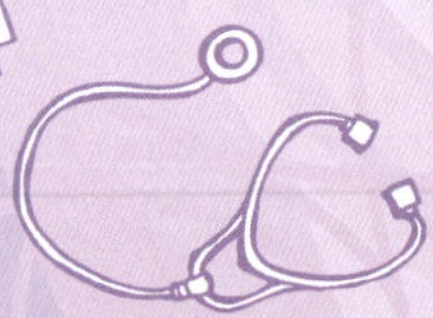

4

当比莉走进教室时，同学们正围坐在沃尔顿老师身边。“描述物品”活动课（在课堂上让学生展示并介绍所带的物品）就要开始了。

“我的天哪，比莉。”沃尔顿老师高声说，“看来今天你有一样非常特别的东西要描述给大家听，你愿意先来和大家说说吗？”

比莉点点头，慢慢走到大家面前，她的心跳得很快。“嗯……昨天，我把胳膊摔断了。”比莉指着自己受伤的手臂说。

“我已经看到了。”沃尔顿老师说，“你是怎么弄成这样的，比莉？”

比莉感到自己的脸开始发烫，她看了一眼杰克，可杰克把头扭向一边，看向了别处。“嗯……我从围栏上摔下来了。”她用很小的声音说道，“我站在栅栏上伸手去够屋顶上的箭，结果摔下来了。”

比莉听到洛拉在咯咯地笑。

“噢，亲爱的。”沃尔顿老师说，“下次你应该更小心一些，知道了

吗？大家还有什么问题要问比莉吗？”

洛拉第一个举起了手。“我还以为，你是为了要从鳄鱼的嘴里救出你弟弟，而受伤的呢。”她笑着说。女孩子们跟着发出一阵咯咯的笑声。

比莉深深地吸了一口气，她注意到杰克正在看着她，她的心跳得更快了。比莉紧张极了，但她决定继续说下去：“我只是编了一个故事，我以为那样说，听起来会更有意思。”

沃尔顿老师笑了，说：“比莉，你的想象力非常好，也许你可以写一个故事。大家还有其他问题吗？”

丽贝卡举起了手。

“好，丽贝卡，你说！”沃尔顿老师点名道。

“我可以摸一下你的绷带吗，比莉？”丽贝卡说。

“我也要！”波比举起了手。

“我也要！”艾拉也喊了起来。

“好了，姑娘们，安静！午餐时，你们有很多时间去摸比莉的绷带。谢谢比莉，你现在可以坐下了。”

比莉笑了，她又开始高兴起来。现在，每一个人都想在午餐时坐在她身边了。可是，这时候，她最想有一个人能过来坐在她身边——比莉朝杰克望过去，只见杰克的脸上露出了一个大大的笑容。

最棒的是，杰克已经为比莉腾出了地方，比莉又能坐在他身边了。

最精彩的作业

1

比莉·B·布朗有二十七根冰棍棒，十二只毛根，还有一支胶棒。你知道“比莉·B·布朗”中的“B”代表什么吗？

“B”代表“Busy”——忙！

比莉今天非常忙，她有重要的家庭作业要做！她要搭建一座塔，像埃菲尔铁塔那样。比莉的老师这一整周都不在学校，所以由另一位老师为他们班

代课——她叫斯旺。斯旺老师穿着长裙，戴着好多银手镯，走起路来，裙子沙沙沙地响，手镯丁零零地晃。比莉觉得她美极了。

斯旺老师让同学们共同完成一个城市模型，每个人都要做点什么放进去。有些同学要做医院或者学校，但比莉可不想做这么无聊的东西，她想建一座塔。

可是比莉始终没办法让她的塔站稳，它总是摇摇晃晃的，一会儿就塌了。比莉不由得开始烦躁起来。

“愚蠢的塔！”她把手中的胶棒摔得远远的。

“比莉，不准在屋里乱扔东西！”妈妈说，“你为什么不做些简单点的东西呢？你可以用纸盒子做些什么，像杰克那样。”

杰克是比莉最要好的朋友，就住在她家隔壁。

他们还是同班同学。杰克昨天就完成这项作业了——他用纸盒做了一个房子，上面还有可以开关的门和窗户。

但比莉不想造一间没劲的旧房子，她想建一座很炫的塔。

比莉又气又急，感觉脑袋都在嗡嗡作响。

“我讨厌这愚蠢的作业。”比莉大叫着，“我的塔明天肯定做不出来了！”她冲上楼去，扑倒在床上生闷气。

2

爸爸敲了敲比莉房间的门，走了进来。比莉把脸使劲儿埋到了枕头里。她想让爸爸知道，她真的非常、非常生气！

爸爸轻轻拍了拍她的头，说道："嗨，比莉，来吧，我帮你建你的塔，只要用黏性强一些的胶水就可以把它搭起来了。"

比莉悻悻地说了声“好吧”，但她感觉心里好受一些了。

比莉和爸爸下楼一起忙碌起来。比莉自己用强力胶水很危险，容易粘到手，所以她负责把冰棍棒搭起来，爸爸负责把它们粘到一起。

不一会儿塔就建起来了——它看起来漂亮极了！比莉心里别提多自豪了，她相信这一定会是班里最好的作品。

平时洛拉的作业总是班里最棒的，但这次她只做了一所医院，而比莉可是搭了一座精致的塔呢！

比莉很希望斯旺老师喜欢她的塔，她还希望老师可以把她的塔摆在城市的正中间。

妈妈说：“比莉，你做的塔真漂亮！不过你最好把它移到餐桌上，你一定不想让诺亚把它当玩具吧。”

比莉皱皱眉想：小孩子有时候真讨厌，尤其是他们刚开始爬的时候——诺亚碰到什么东西都不会有好结果！比莉为难地说：“但我现在还不能碰它，胶水还没干呢。”

爸爸建议道：“你可以先去洗漱，洗漱回来后再把它移走，那会儿它就干了。”

比莉打着哈欠应了一声。晚上她都在搭这个塔，忙到现在已经很晚了。

比莉换上睡衣，然后去刷了牙。

爸爸走上楼为她掖被子，妈妈也带诺亚去睡觉了。

爸爸问比莉：“你把塔移开了吗？”

比莉答道：“哦，我正要去呢。”她跑到楼下客厅试了试，但发现塔还是有些晃。如果这会儿挪动它，它可能还会塌掉，所以比莉决定等会儿再来——等爸爸为她读完睡前小故事后她再溜下楼来。

爸爸给她盖好被子，然后读了一个巴黎小女孩的故事。爸爸告诉比莉，巴黎是法国的一个大城市，书里的小女孩牵着狗走在郁郁葱葱的公园里，公园里到处都是美丽的雕塑。比莉喜欢这本书，书里面那些巴黎的照片非常漂亮。

比莉幻想着斯旺老师在课上要展示的城市模型，不知不觉就睡着了。哦，糟糕，她忘了一件很重要的事。你还记得是什么事吗？

3

第二天早晨，比莉怎么也睡不醒。妈妈在楼下喊道：“比莉，快下来吃早餐，上学要迟到了！”她还是很困，迷迷糊糊穿上衣服就下楼吃早餐。爸爸正在往麦片上倒牛奶，他突然停了下来，表情有些窘。爸爸顿了顿，说道：“比莉，昨晚你挪走你

的塔了吗？”

比莉回过头，看见诺亚正坐在厨房的地板上，咧着嘴笑。只见他从嘴里拉出了一根冰棍棒，上面还有粘在一起的一截毛根。比莉和爸爸一起喊道：“塔！”比莉冲进客厅——客厅里满地都是碎毛根！

比莉怒气冲冲地回到厨房喊道：“诺亚，你毁了我的作业！”她冲着诺亚大吼，诺亚吓得哭了起来。

爸爸安抚她道：“哦，比莉，很抱歉弟弟把你的塔弄成了这样，但我们也告诉过你要把塔移开，诺亚还小，他不知道不该动你的东西。”

比莉低下头看着自己的脚。她是很生气，但她不是要故意吓哭诺亚的。比莉抱了抱诺亚，他就不哭了。

爸爸搂着比莉说道：“我们要不要现在把它粘回去呢？”

比莉摇了摇头——现在粘肯定干不了，他们今天就要展示城市模型了。她必须想想别的办法，而且要快！

就在这时，诺亚朝比莉伸出手，手里握着两节缠在一起的毛根。这让她想起了什么……突然，比莉有了一个主意，一个绝妙的主意！

“诺亚，谢谢你！”比莉跑进客厅，喊道：“五分钟就搞定！”

你觉得她会做什么呢？

4

不一会儿，杰克来了，他准备和比莉一起去学校。比莉走进厨房，端起一个用方巾盖着的东西——它高高的，形状很奇怪。

杰克问："这是你做的塔吗？"

比莉说："不是，我做了别的东西。"

"那是什么呢？"

比莉说："秘密！到学校再给你看。"

比莉笑得很开心，心里却忐忑不已：如果斯旺老师不喜欢我的作品怎么办？如果班里的同学都嘲笑我怎么办？

比莉的爸爸说道："好了，出发吧！"比莉和杰克快要迟到了，于是比莉的爸爸开车送他们去上学。

比莉和杰克走进教室时，斯旺老师已经站在了讲台上。洛拉和她的朋友们也在，她们都在欣赏洛拉的作品。洛拉用一个大大的硬纸盒做了间医院，从窗户看进去，还能看到里面有小纸盒做的床和用毛根做的假人。做得真完美，就像洛拉自己一样。

比莉把她的作品放到了课桌上，心扑通扑通地跳。

她掀开方巾，露出一个用毛根和冰棍棒拧在一起的模样奇怪的东西。杰克看到后一脸疑惑，洛拉转过头看到后忍不住哈哈大笑起来："比莉，这是什么东西？看起来真奇怪！"洛拉的朋友们也咯咯地笑了。但比莉勇敢地微笑着回答道："这是一座雕像！"她希望斯旺老师在听她说话。

斯旺老师从讲台后走出来，拖着沙沙响的裙子朝比莉走了过来。

比莉屏住了呼吸，心里就像挂着十五只吊桶——七上八下。

"雕像！"老师拍起手来，手镯丁零零地响，"多么棒的创意啊，我很喜欢！"

比莉咧开嘴笑了，心里满满的都是自豪。

"谢谢你，斯旺老师。"她说，"这主意是从一本有关巴黎的书中得到的，巴黎到处都是雕像！"

斯旺老师说："确实如此，比莉，每个伟大的城市都需要艺术，我会把你的雕塑摆在城市的最中间！"

洛拉听了皱起了眉头。斯旺老师靠近后仔细看了看比莉做的

奇妙的雕塑，赞叹道："天啊，你一定花了不少工夫！有人帮你做吗？"

"嗯，有，事实上……"比莉看着杰克和那群咯咯笑的同学说道，"我的小弟弟帮了我很大的忙！"

出疹子的假期

1

比莉·B·布朗有一袋薄荷糖，十二支彩色铅笔，还有一只崭新的带轮子的旅行箱。你知道“比莉·B·布朗”中的“B”代表着什么吗？

“B”代表着“Bouncy”——蹦蹦跳跳。

比莉·B·布朗无论走到哪儿都蹦蹦跳跳的，像可爱的小兔子一样活泼好动！你知道比莉为什么这么高兴吗？因为奶奶要带她回老家玩整整一个星期呢。比莉可是很爱她的奶奶噢。

奶奶住在一个很远很远的城市，因为太远了，不方便开车去，

所以奶奶要带着比莉去坐飞机。比莉真是太高兴了！

上了飞机，奶奶让比莉坐在靠窗的座位上。这还是比莉第一次坐飞机呢，她想按遍所有的按键，玩遍所有的游戏。飞机还没起飞，她已经吃光了一整袋薄荷糖了。

“比莉。”奶奶说，“你画一幅画或者读一会儿书吧，好吗？”

可比莉实在太兴奋了，她现在根本不想画画或读书，为了等这一天，她已经好几个星期都兴奋地睡不着觉了。

飞机起飞了，开始突然加速，发出巨大的轰鸣声。

比莉有一点点害怕。她壮起胆子透过飞机上的小窗户看向外面，只见下面的汽车和房子正在变得越来越小。

比莉还从没有见过这么美丽的景象，就如身在仙境一般，很快她也就一点儿也不害怕了。不过，在穿越云朵时，飞机突然剧烈地颠簸起来，比莉又吓得紧紧抓住奶奶的手不敢松开。

比莉把所有打算在奶奶家做的有趣的事都列在了一张纸上：

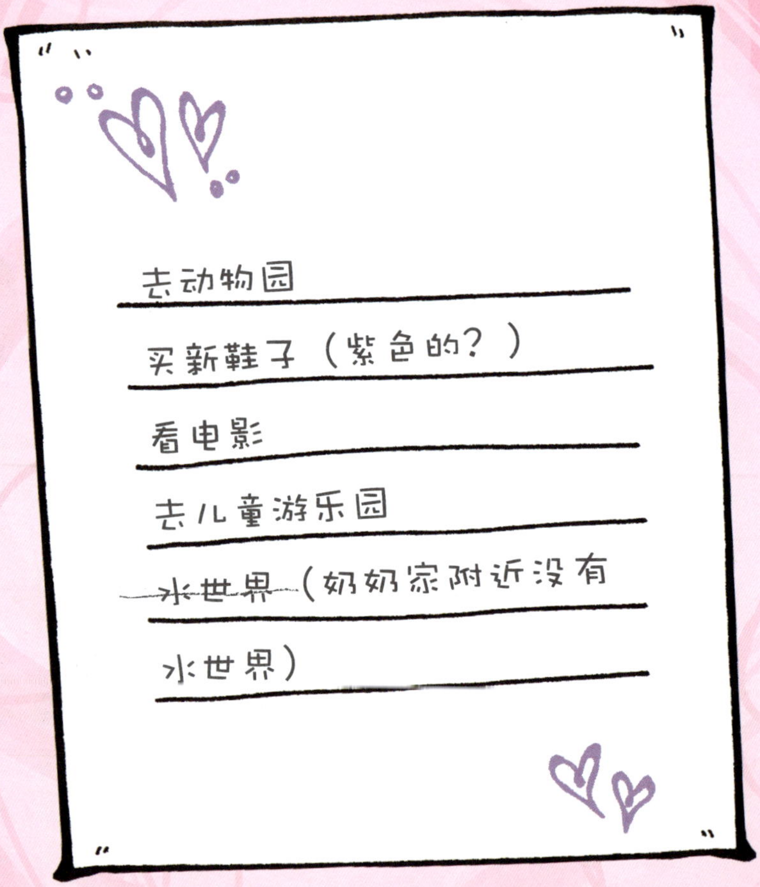

她都有点等不及了，只要一想起有那么多要做的事情，她就兴奋不已。

2

比莉和奶奶回到家的时候天已经黑了，她觉得非常累。

奶奶安顿比莉躺在书房里的折叠床上，给她盖好了被子。这时，比莉感觉被子冰凉冰凉的，但自己的身体却又热又痒痒，肚子还有点痛。她跟奶奶说了。

“可能是你太兴奋了，亲爱的。”奶奶说着亲了亲比莉，和她道晚安，“休息一晚，明天你就会恢复活力的。”

可比莉却怎么也睡不着。

奶奶的公寓在夜里显得有些阴森可怕，窗外马路上还传来了各种噪声！比莉感到身体越来越热，越来越痒痒……

第二天，当比莉醒来时，她吃惊地发现自己身上长满了红点！你知道那是什么吗？水痘！

“水痘？”比莉问。

“是水痘。”奶奶摇着头说，“还好，我已经出过水痘了，不会被你传染。但是，你不能传染别的小朋友啊，所以，你得一直待在家里，直到完全好了才能出门。”

“可是，我们不去动物园了吗？不去看电影了吗？还有说好的我的新鞋子呢？”比莉抽噎着说，大滴大滴的泪水顺着她满是痘痘的脸滚下来。

“我很抱歉。”奶奶叹了一口气说，“可是我们没有办法呀！你拿出你的图画本和铅笔在家画画怎么样？我给你做早餐，就在床上吃，做法式烤面包，好吗？”

“能加香蕉吗？”比莉擦了擦眼泪说。

“没问题，就加香蕉。”奶奶笑着答应了她。

比莉把早餐全部吃光了，然后给爸爸妈妈打电话。

比莉的妈妈说：“这么巧，小诺亚也出水痘了。”

比莉笑了起来，她一想到她的小弟弟浑身也长满了痘痘就觉得好笑。

“你好，诺亚！”比莉对着电话大声喊道。

比莉和爸爸妈妈通完电话，爬回床上，拿出她的图画本和铅笔，但是，她实在想不出来要画些什么。

比莉感觉全身又痒痒又刺痛。奶奶让比莉忍着不要挠水痘，否则会留下难看的疤痕。

比莉深深叹了一口气，她多么希望去公园，去逛商店，去动物园玩啊。她原本列出了那么多有趣的事，可现在一件都没法去做，多么倒霉的假期！

突然，比莉想出了一个主意，一个绝妙的主意！

你永远也猜不出她想要干什么。

3

“好了，奶奶。”比莉叫道，“现在您可以进来了。”

奶奶走进客厅。“哇，比莉！这简直太精彩了！”奶奶惊叹道。

比莉咯咯笑起来。奶奶说得对，客厅看上去……嗯……再也不像一个客厅了。

比莉画了整整一上午，把动物园里的动物全部画了出来。趁奶奶做午饭时，她把这些图画贴满了整个房间。她甚至还挪动了一些家具，让它们看上去像笼子一样。现在，客厅简直就是一个动物园了。

奶奶和比莉在自建的“动物园”里走来走去，观赏着各种各样的小动物。“小心那一个！”比莉指着“佛瑞德先生”（它正坐在奶奶的洗衣篮里）说，“他是一只凶猛的大熊。”

奶奶就假装成很害怕的样子，把比莉逗得哈哈大笑。

奶奶特地把她们的午餐打好了包，就像是专门为外出野餐准备的，在看完了所有的“动物”之后，她们坐在地毯上，开始享用美味的“野餐”——三明治。

“接下来我们是不是该去逛逛冰激凌店了？”奶奶笑着问比莉，还调皮地眨了眨眼睛。

“耶！”比莉兴奋地大叫起来，跟着奶奶走进了厨房。

奶奶扮成一个卖冰激凌的售货员，递给比莉一大杯香草冰激凌，比莉也假装递给她一些钱。

然后，奶奶从碗柜中拿出了好多好吃的，有香蕉、巧克力片、花生酱、枫糖汁，准备撒在冰激凌上。

“您要加什么口味的配料，小姐？”奶奶模仿售货员的语气很好笑。

“我能想放什么就放什么吗？”比莉问。

“当然可以！”奶奶回答道。

比莉笑着说：“我真的能把每一种口味的配料都放在上面吗？”

奶奶大笑起来：“无论你喜欢什么口味的都可以，亲爱的。”

比莉把所有的配料全都混在了一起，做成了一大杯黏糊糊滑腻腻的冰激凌，简直好吃极了！这个假期比她预想的还要好玩得多。

晚上，比莉洗完澡后奶奶在她的痘痘上涂抹了一种特别的药膏，说是可以止痒——那些痘痘变红了，而且变得比以前更痒痒了。不过比莉很听话，再痒也没有用手去挠。奶奶给她涂完药膏后，比莉跳到床上，拿出了她的假期列表，划掉了动物园这一项。下一项是什么呢?

买一双新鞋!

唉！我必须待在家里，怎么能去商店购物呢?

但比莉又有了一个主意，一个绝妙的主意，比之前那一个更加绝妙!

你能猜出来比莉的主意是什么吗?

4

第二天早上，比莉很早就起床了，她有很多事情要做!

吃早饭时，奶奶问比莉："我们今天的计划是什么呢？"

"去买鞋！"比莉说。

"好啊。"奶奶说，"我最喜欢买鞋子啦！"

她们一起走进奶奶的卧室。比莉把奶奶衣柜中的所有鞋子全都试穿了一遍，有粉色的，有亮闪闪的，有靴子，也有凉鞋。

最后，比莉终于挑到了一双完美的鞋子，颜色和比莉的T恤衫一样，是紫色的，虽然这双鞋子稍稍有点大，可比莉毫不介意。

比莉和奶奶付钱给"佛瑞德先生"，他现在是鞋店老板。

比莉高兴地从她的列表中划掉了"买新鞋子"。

"下面我们要做什么？"奶奶问。

"去看电影。"比莉回答道。

“嗯，好啊。”奶奶说，“我去邻居那里借一些 DVD 怎么样？我们还可以做爆米花！”

“耶！耶！”比莉欢呼着，兴奋地在地上蹦起来。

“我真高兴看到，你还是我那个蹦蹦跳跳的小比莉。”奶奶笑着说，“即使现在出着水痘也还是没变！”

比莉为奶奶和自己各画了一张电影票。然后，她拉上了客厅所有的窗帘，客厅立刻变得又黑又安静，真像一个电影院了。

“电影院”准备好了，比莉又帮着奶奶做了一大锅爆米花。比莉最喜欢看爆米花在锅里爆裂开花的样子——嘣、嘣、嘣！

比莉和奶奶就这样在家里待了整整一周，但从没感到无聊。

一天早上，比莉用靠垫造了一个“儿童游乐园”；那天晚上，她又在浴缸里玩起了“水世界”，搞得浴室里一团糟！

日子过得很快，眼看就到假期的最后一天了，比莉身上的水痘退下去很多，她终于可以外出了。这真是很幸运，因为刚好比莉和奶奶该坐飞机回家了。

在飞机上，比莉又捣鼓着座椅扶手上的按钮。突然，她不小心按到了呼叫空中乘务员的按钮。“哎哟，对不起！”当空姐走过来时比莉抱歉地说。

“没关系，亲爱的。”空姐笑着对比莉说，“你是和奶奶一起度假的吗？”

“是的。”比莉回答道，“不过我出水痘了，所以不能出门，我们整整一周都待在家里！”

“噢，那太可惜了。”空姐充满同情地说，“这个假期你一定过得很无聊吧。”

“一点儿也不！”比莉说，“我们去了动物园，还吃了冰激凌，我们去购物，我还去了水世界呢！”

“水世界？”空姐吃了一惊，“可是你不是说你一直待在家里吗？”

“没错啊，我们就待在家里。”比莉说，“不过这是我度过的最好的一个假期！”

看着空姐一脸的迷惑，比莉和奶奶都咯咯地笑了起来。

爱模仿的孩子

1

比莉·B·布朗戴着一条漂亮的发带，穿着一双紫色的鞋子，上衣镶着三颗星星状的扣子。你知道“比莉·B·布朗”中的“B”代表什么吗？

“B”代表着“Buddy”——好伙伴。

今天，比莉的班上要转来一位新同学，她从日本来，名叫米卡。

沃尔顿老师让比莉做米卡的好伙伴，比莉都等不及见米卡了，为此她今天还特意打扮了一番。你不觉得她看起来很漂亮吗？

杰克是比莉最好的朋友，今天由杰克的妈妈送他们俩去上学。因为就要见

到新同学了，他俩都很激动。比莉自言自语地说：“米卡会长什么样子呢？沃尔顿老师说她和我一样，都是黑头发！”

比莉和杰克到了校门口，艾拉和特蕾西正在等他们。特蕾西看着比莉说：“你的衣服好漂亮！”

“谢谢！”比莉得意地回答道，“这是我周末刚买的。”

“新同学来啦！”艾拉喊道，“快过来看，就在教室里。”

比莉和杰克跟着艾拉和特蕾西跑了过去。

他们趴在教室的窗边朝里看，只见沃尔顿老师正在和新同学的妈妈谈话，新来的小女孩头发乌黑，有一双棕色的大眼睛。比莉觉得她长得很可爱。

沃尔顿老师发现他们在窗边偷看，就招呼道："比莉，过来认识一下米卡。"

于是艾拉和特蕾西跑开去玩攀吊架了，杰克去踢足球了，比莉一个人走进了教室和米卡打招呼。

沃尔顿老师说："米卡，这是比莉。在你熟悉这里的一切之前，她会照顾你的。"

"你好！"比莉很兴奋地大声说，"很高兴认识你！"

米卡看了看比莉，然后又回头看了看她妈妈。

米卡的妈妈面带微笑，低头用日语和她说了些什么。米卡点了点头，脸上羞答答地泛起了红晕，小声说道："你好。"

"米卡还不太会说我们国家的语言。"沃尔顿老师向比莉解释道。

就在这时，上课铃响了，比莉班上的同学纷纷走进教室，回到了各自的座位上。平时比莉都坐在杰克的旁边，但是今天她和米卡坐在了一起。

杰克在他们的老位子上朝比莉挥挥手，比莉也朝他挥手致意。

比莉感到非常自豪，因为她是一个好伙伴！

2

课间休息时，比莉和米卡坐在一棵大树下，吃着零食，看着操场上的同学们。比莉朝米卡笑了笑，米卡也对她笑起来。

比莉一整天都照看着米卡，有时候她会做手势向米卡解释沃尔顿老师说了什么，但大多数时候，米卡只是呆呆地看着她。比莉相信沃尔顿老师会很满意她的“工作表现”。

第二天早晨，比莉早早地收拾停当，在家门口等着杰克。她迫不及待地想再见到米卡。他们刚到学校，比莉就直奔教室，跑去找米卡。

“早上好，比莉！”沃尔顿老师和比莉打招呼，“米卡见到你，一定会很开心。实际上，你好像有了一个小‘粉丝’！”

比莉朝米卡坐的位置望去，米卡站起身向比莉挥了挥手，然后她还转了一个圈，给比莉看她今天的打扮。

比莉简直不敢相信自己的眼睛！原来米卡戴着……一条漂亮的发带，穿了一双紫色的鞋子，衣服上有三颗星星状的纽扣——和比莉昨天穿的一模一样！

看到米卡和自己一样的装扮，惊讶之余，比莉还觉得有些怪怪的。她不喜欢别人和自己一样，但她不知道该怎么对米卡说。

但米卡只是微笑，然后跟着比莉去了操场。

洛拉、特蕾西和艾拉一起站在饮水池旁边。比莉喜欢特蕾西和艾拉，但觉得洛拉有些讨人厌。“哎呀。”特蕾西说，“米卡的衣服和比莉的一模一样啊。”

“她们一定是双胞胎。”洛拉故意说。

比莉感觉脸有些发烫。“不，我们不是双胞胎！”她说，“傻瓜才会这么想！”因为米卡和她穿得一模一样，她心里有些生气。

3

课间休息时，米卡跟着比莉去了足球场。她们坐在场边看其他人踢球。这时，杰克朝她们跑了过来。“嗨，比莉。”他说，“要不要加入我们队一起踢会儿球？”

“呃……”比莉有些拿不定主意。她喜欢踢足球，但她也不想把米卡一个人丢在这里。

“来嘛！”杰克央求道，“我们队快要输了，我们很需要你！”

“那好吧！”比莉说完转身对米卡说道，“你在这里等着我可以吗？我要去踢足球。”

她用手拍了拍凳子，然后又指了指足球场。米卡笑着点了点头。

然后，比莉还没来得及转回身，米卡就已经跑向了足球场！比莉吃惊地张大了嘴巴。搞什么啊！我可不是这个意思！她看

到米卡在追着足球跑，她跑得很快，非常快！甚至可能比比莉还快。

“啊哈，米卡也很擅长踢足球！”杰克说着跑回了球场。

比莉一屁股坐回长凳上，紧紧咬着嘴唇，她感到一股怒火忍不住地涌了上来。这不公平！我才是最会踢球的女生！不是米卡！

上课铃响后，比莉跺着脚走回了教室，米卡跟在她后面，有些不明所以。这节是美术课。米卡依旧坐在比莉旁边，而比莉还是很生气。

“好，上课！”沃尔顿老师说，“今天，我要你们每个人都画一幅想象出来的场景，我希望你们所有人都能想象出一些独特的东西。”

“嗯……”比莉想，“一些独特的东西……”

突然，比莉想到了一个好主意，一个绝妙的主意。

她要画一个布满圆点的世界，有布满圆点的树、布满圆点的房屋，还有满身圆点图案的人。比莉想，一定没有人能想到这个点子！

于是她整节课都在埋头认真地画画。快下课时，沃尔顿老师走了过来。“这幅画画得真好！”她站在比莉身后说。

“谢谢！”比莉自豪地说道。但当她抬起头时才发现，原来老师是在和米卡说话。

等比莉看到米卡的画，更是气得喘不过气来。原来米卡也画了一幅满是圆点的图画，布满圆点的树、房屋，还有满身圆点图案的人。和比莉画的一模一样！比莉气极了。圆点图画是她的创意！她感觉自己快要气炸了。她站起来跺着脚冲着米卡喊道：“不要再学我啦！”

米卡看着比莉，眼睛睁得大大的。就在这时，下课铃响了，吃午饭的时间到了。比莉飞快地冲出了教室，她再也不想做谁的好伙伴了！

4

比莉坐在操场边的大树下，还是非常生气。但她也有一点难过，因为她刚刚冲着米卡大喊大叫了。她看到沃尔顿老师朝她走了过来，心里感到有些不安。她想，沃尔顿老师一定会冲我发火的。老师在比莉的旁边坐了下来，说道："你知道自己不该冲着米卡大喊大叫的。"

比莉点了点头。"我知道。"她说，"只是……只是……她总是模仿我，这样很

烦人！”

沃尔顿老师笑了，说：“我有没有说过你有一位小‘粉丝’？”

比莉皱起了眉头，说：“可她也不用什么都学我啊！”

“你想想，在米卡看来，周围的一切是什么样子？”沃尔顿老师说，“在全新的环境中，一切对她来说都很陌生。想象一下，如果你完全听不懂别人在说什么，你会是什么感觉。”

比莉认真地想了想，这感觉的确很可怕。

“然后想象一下，如果你遇到了一个可以照顾你的人，那个人非常和善，就像你一样，比莉，你会怎么样？”

比莉惊讶地抬头望着老师。

“米卡的妈妈说，昨天米卡和她谈起你，没完没了地总是把你挂在嘴边。”沃尔顿老师说，“所以她昨晚去商店买了一件和你一样的衣服。”

“真的吗？”比莉说，她之前可从没有这样想过，“所以这才是她模仿我的原因吗？是因为她喜欢我？”

“是的。”沃尔顿老师回答道。

“我很抱歉，我不该对她大喊大叫。”比莉有些后悔。

“那你愿意向她道歉吗？”沃尔顿老师问。

比莉坚定地点了点头。

于是，沃尔顿老师把米卡叫了过来。

“对不起，我不该冲你吼。”比莉对米卡说。

“那么你还愿意做米卡的好伙伴吗？”沃尔顿老师问她。

比莉摇了摇头。“不，”她说，“再也不做好伙伴了。”

“啊，亲爱的，为什么呢？”沃尔顿老师看起来很担心。

比莉冲着米卡一笑，说：“因为我更想做你的好朋友。”

米卡一脸疑惑。比莉想，也许她不懂我在说什么。

于是她又有了一个主意，一个绝妙的主意。

“在这儿等我一下！”说完比莉向学校图书馆跑去。她坐在电脑前，打了几个字，然后屏幕上出现了几个歪歪扭扭、模样奇怪的字符。比莉把它们抄到了一张纸上。

比莉看不懂这些字，但她知道米卡能看懂。你知道为什么吗？你猜对啦，比莉抄的是日文。你猜猜她写的是什么？翻译过来是这样的：

“对不起，我们做朋友好吗？”

史上
最可爱的
宠物

1

比莉·B·布朗有两幅已经完成的智力拼图，三本读了一半的书，还有一个散架的乐高积木城堡。你知道“比莉·B·布朗”中间的“B”代表什么吗？

“B”代表着“Bored”——无聊。

比莉·B·布朗感到很无聊、很无聊、很无聊。

平时，比莉很无聊的时候就和她最好的朋友杰克一起玩。

可是，这个周末杰克外出了，所以，现在没人和比莉一起玩了。

比莉也没办法和她的弟弟诺亚玩，因为诺亚正在午

睡。而且，比莉觉得诺亚年龄太小了，也没法和他一起玩——他刚才弄乱了比莉的拼图，还想用嘴咬她的乐高积木。他有时候真是挺讨厌的。

突然，比莉有了一个主意，一个绝妙的主意。

她想到自己需要什么了，她需要一匹小马！

如果有一匹自己的小马，她就再也不会觉得无聊了。

比莉跑下楼梯，她要把她的想法告诉爸爸。

爸爸正在厨房烤面包，厨房里暖烘烘的，闻起来香香的。

“爸爸！”比莉叫道，“我知道我需要什么啦！一匹小马！如果我有一匹小马，我就再也不会感到无聊了。如果我有一匹小马，我会每天给它梳洗，给它喂食，还能骑着它遛弯。”

爸爸笑着说："比莉，我们在哪儿养一匹小马呢？养一匹小马可是需要很大一块地方的，它还要吃很多的饲料。你觉得咱们养一只宠物青蛙怎么样？我小的时候就养过一只青蛙，它们可是很有趣的宠物哦。"

比莉皱起了眉头。"一只青蛙？"她说，"你又不能用手拍拍青蛙。咦……把青蛙当宠物太可怕了。"

比莉气呼呼地跺着脚上楼去了，她要找妈妈说说。

2

妈妈正在和诺亚睡午觉。比莉知道，除非有很重要的事，否则一般不要吵醒妈妈。但是，这就是一件很重要的事，于是她轻手轻脚地走进了妈妈的卧室。

"妈妈！"比莉在妈妈耳边轻声

叫着。

比莉的妈妈微微睁开一只眼睛，问道："比莉，是很重要的事情吗？"

"嗯，非常重要！"比莉一脸认真地回答。

妈妈轻轻地转过身来，怕吵醒诺亚，然后，她挪了挪身子，让比莉也在床上躺下。

比莉依偎在妈妈的怀里，妈妈的怀抱很温暖，还有奶香和花香的味道。

“怎么了，亲爱的？”比莉的妈妈问。

“我很无聊。”比莉说，“我需要一个宠物和我玩。我想要一匹小马，但是爸爸说不行。”

妈妈笑了，指着比莉的小弟弟说：“诺亚陪你玩怎么样？”诺亚蜷曲着身子依偎在妈妈身边，像一只熟睡的小猪打着小呼噜。“他就像一个小宠物一样可爱。”

“妈妈！”比莉有些生气地说，“别开玩笑，我是认真的！”

“我很抱歉，亲爱的。”比莉的妈妈也一脸严肃地说，“爸爸说得没错，一匹小马太大了，你觉得一只小鹦鹉怎么样？我小时候就养过一只宠物鹦鹉，我还教它说‘你好’，小鹦鹉可是很好的宠物啊。”

比莉皱起了眉，她说："可你不能抱抱一只鹦鹉啊！一只小狗怎么样？噢，妈妈，我们买一只可爱的小狗吧，求您了！"

"养小狗要为它做很多事，比莉。"妈妈说。

"我可以照顾它！"比莉说，"我会每天喂它、遛它，还和它一起玩。"

"比莉。"妈妈说，"我们现在每天要照顾诺亚，太忙了，等诺亚再长大一些也许可以养一只，好吗？"

比莉感到非常生气。

"这不公平！"她大声喊起来。

诺亚被吵醒了，开始哇哇大哭。

"噢，看你，比莉！"妈妈埋怨她道，"你把诺亚吵醒了。"

比莉握着小拳头，跺着脚冲出了房间。她很生气。她觉得这都是诺亚的

错：如果不是因为诺亚，爸爸妈妈肯定会给她买一匹小马，甚至还外加一只小狗的。

但是，把诺亚吵醒了，比莉也觉得是自己的不对。她真的很爱她的小弟弟。于是她挑了一个可以套在手上的小玩偶，走到门旁边。

“躲猫猫啰，诺亚！”她藏在门后面，举着小玩偶逗诺亚玩，诺亚被逗得咯咯直乐，比莉和妈妈也笑了起来。

3

那天下午，比莉和妈妈一起去购物中心逛街。比莉尝试着帮妈妈把诺亚放到折叠婴儿车里，可诺亚挣扎着不愿意。比莉帮他拉紧了安全带，不停地打响指哄他听话。

他们在购物中心逛着，浏览着琳琅满目的店铺橱窗。

“噢，快看，宠物商店！”比莉叫道，“我们可以过去看一眼吗？求您啦！”

“好吧，比莉。”妈妈说，“但要快一点，我们还有很多东西要买呢。而且，一会儿还要喂诺亚吃东西。”

这间宠物商店散发着干草的气息。比莉一走进去就听到动物们的声音——吱吱吱吱、呱呱呱、呼噜呼噜。比莉看到了翻跟头的小猫和打着滚的小狗，还有一丁点儿大的小老鼠。比莉觉得所有的宠物都很可爱，她真想把它们全都带回家。

就在这时，在商店的最后边，她看到了一个孤零零的笼

子。刚开始，比莉以为笼子是空的，但是当她弯下身子靠近笼子仔细看时，看到了一个满是姜黄色绒毛的小圆球。

“你好！”比莉轻轻地喊了一声。

一个粉色小鼻子从一堆绒毛中伸了出来，接着露出了两只黑乎乎亮晶晶的小眼睛，还有两只粉色的小爪子。你能猜出它是什么吗？

是一只小豚鼠！它简直就是比莉见过的最可爱的豚鼠！

“妈妈！”比莉叫起来，“快过来看看这只豚鼠，它简直太可爱了！”

比莉的妈妈和店主一起走了过来。“这是我们剩下的最后一只了。”店主说，“一只非常特别的豚鼠，刚好在等待一个非常特别的女孩。”他眨了眨眼睛看着比莉。

比莉看着妈妈乞求道：“噢，求您啦，妈妈，我们把它买回家吧？我保证我可以每天照看它，每天喂它。”

“嗯……”妈妈有些犹豫。

“求您啦！”比莉再次乞求妈妈。

这时，诺亚又开始哭闹了，他可能在这里待得厌烦了。

“让我考虑一下好吗，比莉？”妈妈说，“走吧，等我们先买完其他东西再说，豚鼠会一直待在这里等我们的。”

“耶！”比莉兴奋地大叫起来。她知道，妈妈基本上算是已经同意了。

整个下午比莉都在帮妈妈照顾诺亚。当妈妈试穿鞋子时，比莉看着诺亚，给他剥香蕉皮，帮他擦脸擦手，甚至在他拉完臭臭后还帮着递了一条新尿布！

整个下午，比莉帮妈妈的同时也一直想着那只可爱的豚鼠。她已经给它起好了名字，叫莫莉。比莉希望妈妈能尽快同意把它买回家。

“谢谢你，比莉。”买完所有的东西以后妈妈说，“你今天表现非常好，是妈妈的好帮手，我想你也应该能照顾好你的小宠物。现在，我们去买豚鼠吧？”

“啊，谢谢妈妈！”比莉大叫起来，她高兴得又蹦又跳。她终于有属于自己的宠物了！她再也不会感到无聊了！

比莉冲进了宠物商店，直奔莫莉的笼子。她透过栏杆仔细朝笼子里看。

可是，笼子是空的！

4

“啊，亲爱的。”店主说，“你们刚走一会儿，有一位先生就来了，他说要给自己的女儿买一只宠物，他觉得买一只豚鼠最好了。真是非常抱歉。”

比莉难过地低下了头。她的莫莉，难道就这样属于另外一个小姑娘了？

比莉紧紧咬着嘴唇不让自己哭出来。

“我很抱歉，比莉。”妈妈说着给了比莉一个拥抱，“我们再找找其他的宠物吧？也许会有另外一只更适合你的宠物呢。”

但是，比莉悲伤地摇了摇头：莫莉是最好的，再也没有比莫莉更好的宠物了。

回家的路上，比莉一言不发，静静地坐在汽车里，即使是诺亚牙牙学语的声音也没有让她振作起一点点。

“别伤心，他们的宠物店里肯定还会有新的豚鼠的。”妈妈安慰她道。

比莉只好难过地点了点头。

到家了，比莉帮妈妈把买的东西拿进屋后，一头扎进了沙发里，大滴大滴的眼泪顺着脸颊流了下来。

这时爸爸也回来了。看到爸爸的汽车开进来，她努力吸了吸鼻子，擦了擦眼泪。

“比莉！”爸爸在叫她，“你能帮我来拿一些东西吗？”

比莉从沙发上爬起来，垂头丧气地向外面走去。

爸爸正从车里搬出一个硬纸箱。“看看这个。”他说，“为什么你不把它拿进去呢？”

“这是什么？”比莉问。

爸爸神秘地笑着说：“看看里面。”

比莉向箱子里面看去。一开始，她以为里面是空的，可再仔

细一看，她看到了一个长着姜黄色绒毛的小脑袋！

你能猜出来它是什么吗？

“莫莉！”比莉激动地大叫起来。

她轻轻地把豚鼠抱了起来。

莫莉用鼻子嗅了嗅，安心地钻进了比莉的怀里，就好像它也记得比莉似的。

零用钱的烦恼

1

比莉·B·布朗有三个长头发的布娃娃，一只大大的泰迪熊，还有一匹紫色的小马。那么，你知道“比莉·B·布朗”中的“B”代表着什么吗?

B 代表着“Bunny Babies”——兔宝宝。

比莉·B·布朗真的真的很想要一只兔宝宝玩具。兔宝宝们有着柔软的毛发和亮晶晶的大眼睛，它们还有自己的电视节目。

在比莉的班级里，每一个女孩子都有一只兔宝宝玩具——当然，

除了比莉。

“妈妈，妈妈，求您了，能给我买一只兔宝宝玩具吗？”比莉问妈妈。

“不行，比莉。”妈妈拒绝道，“我已经说过了，要等到圣诞节才行。”

“可是离圣诞节还有好几个月呢！”比莉说，“我可等不及了。”

“那你为什么不试试自己存钱买一个呢？”说这句话的是比莉的爸爸，“你的小猪银行里已经存了一些钱了，也许你可以做点什么工作赚更多的钱呢？”

“好！”比莉答应后又犹豫了起来，“可是我能做些什么呢？”

“你可以整理一下你的玩具。”妈妈说，“把坏了的扔掉。那些你已经不玩了的玩具，可以送给比你小的小朋友。”

比莉皱起了眉头说：“这可不算是一份工作！我说的是扫落

叶或者修草坪这种真正的工作。”

“要修剪草坪，你还太小了。”比莉的爸爸说，“不过你可以去扫一扫车道，扫帚就在后院的储物棚里。”

“太酷了！”比莉欢呼着，兴高采烈地从后门跑了出去。

比莉看见有人正在后院的围栏外往里张望。你知道那是谁吗？没错！就是杰克！杰克是比莉最好的朋友，也是住在她家隔壁的邻居。

“嘿，比莉！”杰克喊她，“想不想来我家打板球？我用一些旧木头做了根球拍，还用粉笔在围栏上画了球门柱，快来看看！”

比莉咯咯笑了起来，说：“现在不行，杰克，我得先去打扫车道。”

“我可以来帮忙吗？”杰克问。

“当然啦！”比莉说，“谢谢你！”

比莉和杰克齐心协力，一同把车道上的落叶打扫得干干净净。杰克撑开垃圾袋，比莉把扫起来的落叶倒了进去。

等到他们终于清扫完毕，比莉的爸爸走出来，查看他们的工作成果。

“哇，你们干得真棒！”比莉的爸爸说完拿出了几枚硬币。

“谢谢爸爸！”比莉开心地接过钱。

杰克帮她干完了，原本需要她一个人一整天才能干完的活。然后杰克就回家了。

比莉也跑回她的房间，把钱放进了她的小猪银行。

比莉高兴极了。很快她就能攒够钱买一只属于她自己的兔宝宝了！

2

第二天放学后，比莉问爸爸是否还有新的工作可以让她做。

这时，从厨房传来了妈妈的声音：“整理一下你的玩具怎么样？”

“妈——妈！”比莉有些恼怒，“我要的是一份真正的工作！”

“咱们家的车该洗一洗了。”比莉的爸爸解围道，“不过这可是个大工程，你觉得你能完成吗？”

“没问题！”比莉欢呼着跑了出去。

比莉打了两桶水，一桶清水和一桶冒着泡泡的肥皂水。

“比莉！”杰克坐在他家门前的台阶上招呼她，“现在来不来我家打板球？”

“不行。”比莉说，“我得洗完这辆车。”

“我可以帮忙吗？”杰克问。

“当然啦！”比莉说，“谢谢你！”

比莉用一块大大的海绵擦车，杰克则负责冲去肥皂沫。

这份工作一点也不轻松，但比莉和杰克觉得很有趣。

车变得越来越干净，比莉和杰克却变得越来越脏。最后，车身被清洗得非常干净，比莉和杰克都已经累得气喘吁吁了。

他们该去洗个澡了，你觉得呢？

“干得漂亮！”比莉的爸爸对他们的工作大加赞赏，这次他给了比莉更多的硬币。

洗完澡后，比莉一下子倒在床上，数着这几天她攒的钱。

今天的确赚了不少，可是要想买下她心爱的兔宝宝，还得赚更多的钱才行。然而，工作实在是太累了！比莉需要一个新的计划。

就在这时，妈妈来敲门了。

“宝贝，想不想来一杯柠檬汁？”她说，“你今天工作很努力。”

比莉突然有了一个主意，一个绝妙的主意！你能猜到她在想什么吗？

“谢谢妈妈！”比莉接过柠檬汁一饮而尽，“现在我要去找杰克了！”

比莉跑出门外，从围栏的缺口钻进了杰克家的花园。

杰克正和妈妈坐在厨房的餐桌前。

“杰克杰克！”比莉喊道，“我有了一个能赚大钱的新计划！”

比莉望向杰克的妈妈，说：“我们需要用到柠檬，很多很多的柠檬！请问我们可以从您的柠檬树上摘一些吗？”

“当然。”杰克的妈妈爽快地答应了，“让我猜猜，你想做柠檬汁卖，对吗？”

“没错！”比莉答道。

“一个柠檬汁小摊！”杰克笑了起来，“这个主意棒极了。我们来做些海报吧！”

比莉咧嘴笑着说：“好主意！”她现在非常开心，因为很快她就能赚到足够的钱买下兔宝宝啦。

3

第二天是星期六，比莉早早地起床。

她和杰克摘下了花园里所有成熟的柠檬。杰克的妈妈帮他们把柠檬汁、糖和水混合在一起，很快他们就有了三大罐美味的柠檬汁。

比莉和杰克在房子前的人行道上摆放了一张小桌子，向路过的人们出售杯装的柠檬汁。

住在街对面的沃特老奶奶一口气买了四杯。她一定是渴坏了！最后她还免掉了比莉和杰克原本应该找回她的零钱。

还没到午饭时间，所有的柠檬汁就已经卖光了。比莉和杰克跑回楼上比莉的房间，他们把开柠檬汁小摊赚的钱都放进了比莉的小猪银行里。

“我还需要一份工作。”比莉说，“这样我就可以攒够钱买下兔宝宝了。啊，我都等不及了！”

“你说什么？”杰克说，“我才不想要兔宝宝呢。我一点儿也不喜欢它们，它们看起来很傻。”

“它们才不傻呢！”比莉气鼓鼓地说，“我已经为了它们辛辛苦苦工作一整个星期了！”

“我也很努力地帮忙了啊！”杰克说，“所以一半的钱应该归我。而且我不想把钱花在一个兔宝宝上，我想买一件我们两个人都想要的东西。”

比莉皱起了眉头：杰克怎么就是不明白，她必须拥有一只兔宝宝呢？

所有的女孩子都有一只兔宝宝玩偶，除了她。

兔宝宝是最好的！

“哼，我又没有求你来帮我！”比莉很生气地说，“我求你了吗？”

杰克气得好半天才说出话来：“比莉，你真坏！以后我再也不会帮你做任何事了！”说完，他气呼呼地跑出了比莉的房间。

比莉低头看着她的小猪银行，心里有一个小小的声音告诉她，自己真的很过分。这个声音让比莉去向杰克道歉，可是这样的话，她就必须和杰克平分这些钱了。而这样一来，她的那份钱就不够买兔宝宝了。

比莉不知道到底要怎么办才好。

正在这时，比莉的妈妈从房门口探进头来，她的怀里抱着弟弟诺亚。

“你的存钱计划进行得怎么样了，宝贝？”

“快了。”比莉轻声说，“我还需要一份工作。”

“你可以整理整理你的玩具呀。”比莉的妈妈笑着说，然后她走开去给诺亚换尿布了。

比莉叹了一口气。她从橱柜里拉出她的玩具篮子，把坏掉的玩具堆成一堆，把小时候玩的玩具堆成另一堆。这个工作好像永远也做不完。比莉多么希望杰克这时候能在旁边帮助她。只要有他在，所有的事情都会变得快乐起来。

4

那一晚，妈妈为比莉掖好被窝，哄她入睡。

“谢谢你，比莉，我的宝贝，妈妈要谢谢你整理好了玩具。”

妈妈说，“明天我们就去给你买你要的新玩具，好吗？”

“谢谢妈妈。”比莉不知道为什么，听到这个消息后，自己并没有想象的那么开心。

第二天早晨，妈妈开车带比莉去购物中心。

妈妈把诺亚放进婴儿车，然后推着车走进了熙熙攘攘的商场。

“比莉，钱准备好了吗？”妈妈问。

比莉点点头。他们走进一家很大的玩具商店，足足有超级市场那么大。当比莉看见这些琳琅满目的玩具时，她又兴奋了起来。

比莉和妈妈在走道里穿行，终于来到了兔宝宝的货架前。兔宝宝们有的长满了斑点，有的是柔柔的粉色，还有一些有着亮闪闪的眼睛，甚至有一个打扮得像一位公主。

它们都是那么美丽，比莉不知道买哪一个才好。

“快点作决定吧，宝贝。”妈妈说，“诺亚都有些烦躁了，你选好了吗？”

但比莉的目光越是在兔宝宝身上停留，她就越难决定要买哪一个。

而且，她一直想着杰克。她想起杰克为了帮助她付出了多少汗水。突然，比莉决定不买兔宝宝了。因为杰克不想要，她就不应该买。

比莉有了一个更好的主意，一个绝妙的主意！

这下比莉终于知道这笔来之不易的零用钱该怎么花了。

你知道她在想什么吗？

比莉转头望着她的妈妈。

“呃……其实我想用这笔钱买点其他的东西。”她说。

“真的吗？”比莉的妈妈吃惊地说，“那么你的兔宝宝怎么办呢？我以为你真的很想很想要呢。”

“这个嘛……”比莉耸耸肩说，“我可以等到圣诞节。”

比莉找到想买的东西，付了钱。回家的路上，她一直把买来的盒子放在膝盖上。

当我把这样东西拿给杰克看的时候，他会是什么表情呢？我简直都等不及了！

深水区

1

比莉·B·布朗有一副泳镜，一条黄色毛巾，还有一套红色的游泳衣。你知道“比莉·B·布朗”中间的“B”代表什么吗？

“B”代表“Belly-ache”——肚子痛。

比莉·B·布朗的肚子好痛。

今天，比莉的班级有游泳课。比莉喜欢在海滩上戏水，但她不喜欢在泳池里游泳。

泳池里很吵闹，水花到处乱溅，而且水还很深。

去年，他们还在小泳池

里上课，今年却要换到大泳池了。比莉一想到大泳池的深水区就感觉很不舒服。

在去游泳池的大巴车上，比莉坐在杰克的旁边。杰克是她最好的朋友，他们总是坐在一起。

平常，比莉和杰克在一起总是聊天或唱些好笑的歌，但今天比莉却异常安静。

“你没事吧？”杰克问。

“没事，只是肚子有些痛。”

比莉不想让杰克知道她其实很害怕。杰克可是一个游泳高手，如果告诉他自己害怕深水区，可能会被他看成傻瓜和胆小鬼的。

大巴车停在了游泳馆的外面，班里的每个人都兴奋得大声叫喊，司机被吵得急忙捂住了耳朵。只有比莉蜷缩在自己的座位上。

“好了，同学们！”沃尔顿老师大声说，“安静一下，你们都带好游泳包了吗？”

“带好了！”大家大声回应道。

突然，比莉有了一个主意，一个绝妙的主意！

她飞快地把她的游泳包踢到了前排座位的下面，然后举起手说：“老师，我忘了带我的游泳包了！我今天不能游泳了。”

“你带了！”杰克说，“在这儿呢，在座位下面！”

“真幸运！”沃尔顿老师说，“谢谢你，杰克。”

“哦，谢谢你，杰克。”比莉闷闷不乐地说，然后她跟着杰克下了车。

“我希望我们能一起分到鲨鱼队！”杰克兴奋地对比莉说。

比莉却不由得叹了一口气。

整个班级会被分成三个队——鲨鱼队、黄貂鱼队和剑鱼队，而鲨鱼队是最好的队。

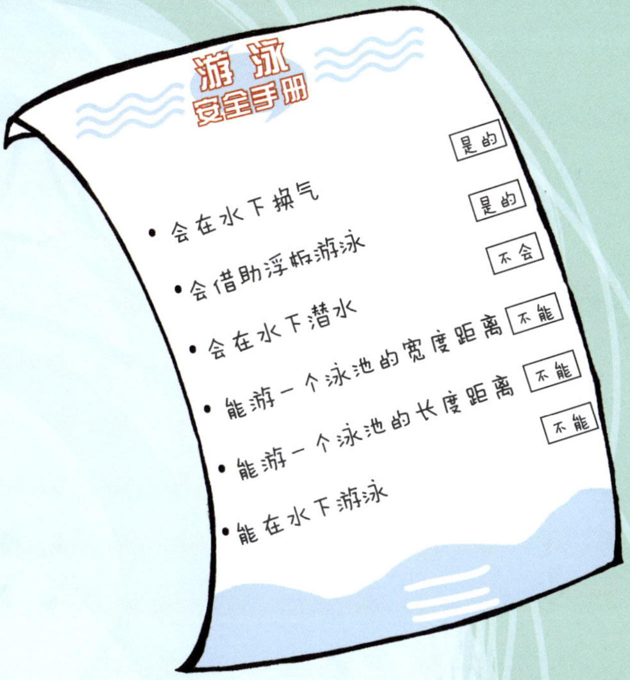

比莉看着妈妈填好的表格，她知道自己水平不够，不可能和杰克一起分到鲨鱼队。

相比于鲨鱼，比莉更像一条章鱼，游起泳来全身上下都是胳膊和腿。

2

在游泳中心，比莉和同学们在更衣室做着准备。然后，他们一起来到了小泳池附近，沃尔顿老师在那里等着。

比莉希望他们班还能在小泳池游，即使是在大泳池，水深也不要超过她的下巴。

但是，沃尔顿老师正带着他们向大泳池走去。

大泳池的旁边贴着一个很显眼的警示牌，上面写着：“注意，深水区！”

比莉只看到这几个字，就感觉她的心开始怦怦狂跳。她紧紧抓住了沃尔顿老师的胳膊。

“怎么了，比莉？”沃尔顿老师关切地问道。

“我不想去大泳池……”比莉小声地嘟囔着。

“哦？为什么呢？”

“我……我游得不太好。”比莉羞怯地说，她感到自己的脸颊开始发烫。

沃尔顿老师笑了笑，她紧紧握着比莉的手说：“没事儿，这就是我们要来这里的原因，比莉，来学习游泳！”

“但是杰克已经游得很好了。”比莉说，“而且，我敢打赌，其他的人也都会游。”

正在这时，两个男孩打闹起来，沃尔顿老师赶紧过去阻止他们，他们这样玩闹会掉进水里的！

班里的其他同学都朝长凳走去。

“来吧，比莉！”杰克鼓励她说。

比莉跨过一排长凳，坐在了杰克身边。

她觉得自己肯定是班里游得最差的，每个人都会嘲笑她。

或者，没准她会被淹死！

是被淹死还是被大家嘲笑？比莉也不知道哪种结局更糟糕。

过了一会儿，大家都站在了泳池边上。比莉穿着她的红色泳衣直打哆嗦。在她旁边的杰克却兴奋地蹦蹦跳跳。

三位游泳老师站在了游泳池边。

“好了！”一位老师大声说，“我们要把你们分成三个队，你们每个人都是从去年就开始练习了，对吗？”

“是的！”大家齐声喊道。当然，还是除了比莉。

比莉盯着深深的、深深的水底，紧张地揪着她的泳衣。

“鲨鱼队！鲨鱼队！”杰克小声对比莉说。

比莉试图想象自己是一只鲨鱼，鲨鱼游得很快，什么都不怕！可是没用，此时，她感觉自己更像是一只摇摇晃晃的水母。

3

一位游泳老师开始给鲨鱼队点名了，杰克、特蕾西和本尼全都分在了鲨鱼队。他们跳进泳池，和老师一起游走了。

第二位老师开始为黄貂鱼队点名。米卡和艾拉都进入了黄貂鱼队。

比莉十指交叉在胸前，祈祷她的名字被读到，可是，老师已经读完了。黄貂鱼队的队员们跟着这位老师也一起游走了。

起初，比莉以为她会是唯一一个被留下来的人，因为她是班里游得最差的那个。

但是，等等！还有一个人也被留在了泳池边——她穿着漂亮的花边泳衣，带着粉色的泳帽。

比莉偷偷瞄了一眼，原来是洛拉！

这意味着——洛拉也不会游泳吗？

比莉心里嘀咕着：难道洛拉不是什么事情都做得很好吗？

即使洛拉和比莉不是真正的朋友，

比莉也感觉好一些了。

她羞涩地向洛拉笑了笑，可是洛拉正焦虑地咬着她自己的指甲。

“你不会游泳吗，洛拉？”比莉怯怯地问。

“那又怎样，你不是也不会吗？”洛拉有些懊恼地说。

比莉皱着眉头说：“你没必要这么小气吧！”

最后一位游泳教练向她们露出了友好的微笑。“来这边吧！”他说，“你们俩一定是我剑鱼队的队员。”

比莉可不想和洛拉分在一个队。

如果她能自己游泳追上鲨鱼队，她就能证明自己的游泳水平足够加入鲨鱼队。但如果她不赶紧行动，她就只能和这个坏脾气的洛拉待在一起了。

于是，比莉捏着自己的鼻子，紧紧闭住眼睛，扑通一声跳进

了水里!

向下、向下、向下……比莉沉下去了，她沉入了深深的水中。

哦，不！她慌了。

我要淹死了！

她听到了自己的心跳声，她拼命地扑腾和踢腿，可是没用。她依旧在不停地下沉，沉到越来越深的水底。

比莉根本不可能游得像一只鲨鱼，她甚至游得像一条普通的鱼都做不到。

她就像一块石头一样沉到了水里……

4

突然，比莉感觉一只手臂环抱住了她的腰。她被猛地拽出了水面，推回到了泳池边。

教练正咧着嘴朝她笑。

“也许你还需要再练习一下。”他说完朝洛拉招招手，“过来一起加入我们吧。”

没戏了！比莉生气地想。她狠狠地瞪着水面，气得发抖。

洛拉走过来，慢慢在比莉身边坐下来。

两个小女孩谁也不看谁。

教练说：“这一次，我要你们慢慢滑进泳池中，抓紧水池的

边，好吗？然后，我们先练习一下狗刨式游泳。”

比莉惊呆了。

啊，不！狗刨式？那是小婴儿练习的！现在好了，大家肯定会笑话死我的。

突然，洛拉大哭起来，比莉惊讶地看着她。

教练有点不知所措。“你的朋友怎么了？”他问比莉。

“她不是我的……”比莉起初想说什么，但是打住了话头。

看到洛拉哭成这样，比莉觉得她也不再那么讨厌了。

“你到底怎么了，洛拉？”比莉小心地问。

洛拉抬头看了看比莉。“我游得很糟糕。”她的声音小得几乎听不到，“我甚至连狗刨也不会！”

比莉笑了。“就为这个呀？别担心！狗刨很简单的。”她说，“我可以教你。”

洛拉皱起眉头说道：“你真好，比莉。你什么事都很擅长！爬攀吊架、踢足球、跑步……我的体育却很糟糕！”

“什么？”比莉说，“你才是那个什么都很擅长的人啊，洛拉！音乐、拼写、芭蕾……你记得我的芭蕾舞跳得有多差劲吗？”

洛拉点点头，咯咯笑了。

“你确实是一只很糟糕的蝴蝶。”洛拉擦干眼泪说，“我猜我们都擅长一些事情，但我们两个都不擅长游泳！”

“不，不是这样的。”比莉说，“我们只是需要学习，我们一起加油吧！”

洛拉叹了口气说：“我不想待在剑鱼队，这可是最差劲的队了。”

比莉也不想当最差队的一员。这时，她有了一个主意，一个绝妙的主意！

“你说的对！”比莉咧嘴笑着说，“所以，我们组建自己的队吧。我们可以叫狗刨队！狗刨队比黄貂鱼队和鲨鱼队都好多了。”

“狗刨队？我喜欢！”游泳教练高兴地说。

洛拉笑了，比莉也笑了。然后，比莉拉起洛拉的手，两个小姑娘一起慢慢滑进了水里。

这一次，比莉一点儿都不害怕了。

做噩梦的夜晚

1

比莉·B·布朗戴着一副3D眼镜，端着一杯泡泡饮料，还抱着一大桶爆米花。那么你知道“比莉·B·布朗”中的“B”代表着什么吗？

“B”代表着“Buzzing”——兴奋地冒泡泡。

比莉·B·布朗沉浸在兴奋之中，因为她要同丽贝卡和她的姐姐们一起去看电影。

丽贝卡是比莉的同班同学，她有两个姐姐，一个叫作卡莉，另一个叫作珍妮。

比莉也想有两个姐姐，但她只

有一个胖胖的弟弟，还是个婴儿，叫作诺亚——他除了抱起来很舒服外，别的一点儿用也没有。

丽贝卡的妈妈正在排队买票。

“你们想看哪部电影呢？”她问，“那部关于会跳舞的老鼠怎么样？”

“不要。”珍妮说，“那是小孩子看的东西。我们一起看那部闹鬼的房子吧！”

“唔……”丽贝卡的妈妈犹豫着说，“那部电影似乎有点恐怖。”

“不，不恐怖。”卡莉说，“那是一部家长指导级的电影，可以给孩子们看的。”

“好吧，我觉得应该让比莉和丽贝卡来决定。”丽贝卡的妈妈说。

“你看得了恐怖电影吗？”珍妮问比莉。

“当然啦！”比莉虽然嘴上这样说，但实际上她感到一丢丢紧张。

比莉并不是很喜欢恐怖电影，它们会让她做噩梦。但是比莉不想让丽贝卡的姐姐们知道这一点。比莉希望姐姐们认为她是一

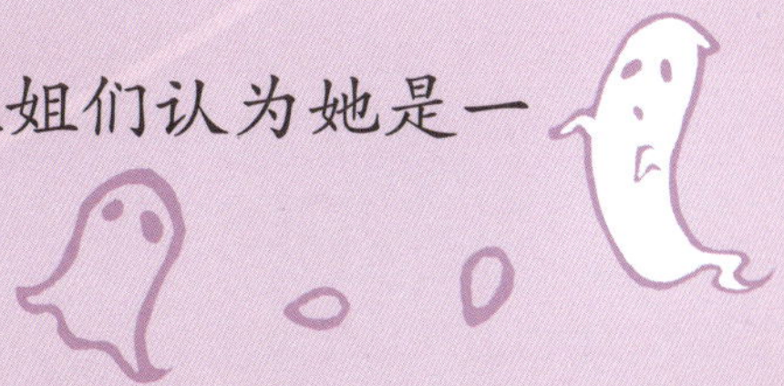

个勇敢的人。

“丽贝卡呢？”她的妈妈问她，“你敢看恐怖电影吗？”

一开始，比莉觉得丽贝卡看上去也有一丝紧张，但她却说：“当然啦！妈妈，我们已经不是小孩子了。”

“我以前很害怕的。”比莉提高了嗓门，“但那已经是小时候的事了，现在我长大了。”

卡莉和珍妮都笑了。比莉也咧着嘴笑了，她喜欢逗丽贝卡的姐姐们笑。

“那好吧，就看这部电影吧。”丽贝卡的妈妈说。

她买好电影票，带着她们走到了影院门口。

“等电影结束了我还在这里接你们。珍妮，卡莉，你们好好照顾丽贝卡和比莉！”

比莉再一次咧嘴笑了，她的心情非常激动：马上要和丽贝卡和她的两个姐姐一起看电影啦！

2

比莉跟着丽贝卡和她的姐姐走进了电影院。她们找到座位，坐了下来。

“我可以坐在你旁边吗？”卡莉问比莉。

“当然可以！”比莉有些受宠若惊。

丽贝卡的姐姐竟然想要坐在自己旁边——她感觉到自己的脸颊因为骄傲而发烫！

卡莉向比莉这边斜靠过来，和她一起分享一桶爆米花。比莉不禁开始想象：如果卡莉是我的姐姐，一切会是什么样？这感觉可真不错。

很快，电影开始了。每个人都戴上了 3D 眼镜。

“看！”丽贝卡突然惊声尖叫起来，“画面从银幕里跑出来了！”

珍妮立刻向前探身示意丽贝卡：“嘘！小声点儿！”

但是比莉和丽贝卡兴奋得怎么也停不下来。她们在座位上尽情地摇呀摇，笑呀笑。比莉的爆米花险些就撒在地上了。

“小心点儿！”卡莉提醒道，还好她及时地接住了爆米花桶。

电影里，两个孩子来到姑姑家度假，他们还带了一只名叫费多的小狗。

费多真的很有趣。它逗笑了电影院里的每一位观众。但是，不久之后，孩子们发现他们的姑姑家闹鬼。他们走进一间又狭小又漆黑的可怕的房间，慢慢打开一个橱柜。

突然间，一个鬼魂从橱柜里冲了出来。

就像从银幕里冲出来一样！

比莉害怕地尖叫起来，紧紧地捂住了眼睛。她的心跳得快极了。比莉偷偷瞄了一眼旁边的丽贝卡，她也害怕地捂起了眼睛。

终于，鬼魂不见了，孩子们带着费多开始搜寻这座房子。

费多总是原地转圈追着自己的尾巴跑。它的表演很有趣，电影院里所有的观众都笑了起来。而比莉和丽贝卡的笑声是最响亮的。

“嘘！”卡莉和珍妮异口同声地说，“你们两个太吵了。”

但是比莉和丽贝卡两个人已经得了“咯咯笑传染病”。

每当丽贝卡看比莉，就会忍不住大笑起来。

每当比莉看丽贝卡，也会情不自禁地大笑。

“我会告诉妈妈的。”卡莉生气地说。

丽贝卡冲比莉挤了挤眼，低声说：“姐姐们太烦人了，你没

有姐姐，可真幸运。”

但是比莉觉得卡莉和珍妮都是很棒的姐姐。

电影结束了，丽贝卡的妈妈在影院门口接她们回家。

“电影怎么样？”她问，“不太恐怖吧？”

比莉吹牛皮说：“一点儿也不恐怖！”她和丽贝卡两人对视了一眼，又突然同时咯咯笑起来。

丽贝卡的妈妈微笑着说：“看到你们玩得开心我也很高兴。比莉，现在我们送你回家，下次再来玩哦！”

“太好了！”丽贝卡说。

比莉又咯咯笑起来，像泡泡一样满满当当的快乐充斥着她的心。她兴奋极了，怎么也静不下来。

3

那一晚，比莉的妈妈哄她入睡。

“你今天和丽贝卡玩得开心吗？”

“特别开心！”比莉兴奋地说，“我们和她的姐姐们一起去看电影了。”

“你们去看电影了呀！”比莉的妈妈说，“看了什么电影？”

“一部讲闹鬼的房子的电影。”

“是不是有点恐怖？”比莉的妈妈看上去有些惊讶，“我以为你不喜欢恐怖片。”

“妈妈！”比莉说，“我已经不是小孩子了！”

比莉的妈妈笑着说：“那么晚安吧，我的大姑娘。”

比莉钻进被子，很快进入了梦乡。

比莉做了一个梦：她来到一座古老的房子里。这座房子漆黑阴森，门嘎吱作响，甚至有蜘蛛网粘在了比莉的头发上。

比莉听见隔壁房间有人在哭。

是诺亚！比莉不知道该怎么办才好。

她想逃跑，可是万一诺亚遇到了危险呢？比莉只好壮着胆子缓缓地推开门。

突然，从门缝里飞出来一只鬼！

然后，一只接一只的鬼源源不断地飞了出来！

比莉开始大声地尖叫，吓得从床上坐了起来。

“妈妈！”她大声喊道，“妈妈！”

比莉的妈妈匆匆跑了进来，怀里还抱着诺亚。“怎么了，宝贝？”她焦急地问。

比莉的心怦怦跳个不停。

“我……我做了一个噩梦！”她害怕地说，“梦里有鬼，还有诺亚一直在哭，我以为那些鬼要带走他！”

“噢，比莉。”妈妈心疼地把她搂进怀里，“一定是那部电影让你做了噩梦。瞧，诺亚不是在这里吗？而且他什么事也没有，对不对，诺亚？”

诺亚咯咯笑起来，伸出了他软软胖胖的小手。

比莉一把将他搂进怀里。看到弟弟一切安好，比莉别提有多开心了。比莉亲了亲他胖胖的脸颊，在他的耳边轻声说：“我特别特别爱你。”

诺亚虽然有时候是有些烦人，但是就算给她世界上所有的姐姐，她也不会同意交换的。

比莉抬头看向妈妈，问："我今晚可以跟您一起睡吗？"

"好吧，但就这一次。"比莉的妈妈说，"而且你要答应我，以后不许看恐怖电影了，可以吗？"

4

第二天，在学校，比莉在操场看见了丽贝卡，她正跟艾拉和特蕾西在一起。丽贝卡看见比莉，向她挥了挥手。

"比莉！"丽贝卡喊她，"昨天的电影怎么样？"

"棒极了！"比莉一边说一边紧张地笑，"那些鬼就好像要从银幕里飘出来一样！"

比莉可不打算告诉她们自己做噩梦的事，那样的话她们可能会认为她很傻。

"你们看了哪部电影？"特蕾西问。

“那部讲闹鬼的房子的。”丽贝卡说。

“天哪，我绝对不会去看那部的！”艾拉说，“我讨厌恐怖片。”

“我也是。”特蕾西说，“它们会让我做噩梦。”

比莉惊讶极了。

“我也是！”她忍不住脱口而出。

“呃，我的意思是，我小时候经常做噩梦。”她又飞快地补充。

她不希望让丽贝卡知道她害怕那部电影。

“我昨晚做了噩梦。”丽贝卡静静地说，“我只好和爸爸妈妈一起睡了。”

“真的吗？”比莉简直无法相信她听到的话，“可是我以为你经常看恐怖片呢！”

“我的确经常看！”丽贝卡说，“不过那是因为卡莉和珍妮想看，其实我最喜欢的是搞笑片。”

“我也是。”艾拉说，“我最喜欢的电影是《海底总动员》。”

“我也很喜欢那部电影！”特蕾西说。

“可惜我的姐姐们讨厌看动画片。”丽贝卡叹息着说，“她们说动画片是给小孩子看的，我只能看她们想看的东西。”

“你可以来我家看《海底总动员》。”比莉有些害羞地说，“我家有这部电影的 DVD。”

“太好了！”丽贝卡说，“那一定棒极了！”

“我们可以一起去看吗？”特蕾西和艾拉问，“我们可以办一个海底总动员派对！”

“当然可以！”比莉说，“我会和妈妈商量一下这件事。不过我们得等到诺亚睡着之后才能开始。电影里的大鲨鱼也会让他做噩梦的！”

丢失的牙齿

1

比莉·B·布朗梳着两条小辫子，脸上有十五颗雀斑，还有一颗摇摇晃晃的牙齿。你知道“比莉·B·布朗”中的“B”代表什么吗？

“B”代表的意思是“Bother”——烦人。

这一周的每天早上，比莉都会对着镜子摇一摇她那颗歪歪斜斜的牙齿。可是没有用，牙齿并没有松动。这真是太烦人了。

“比莉，别瞎捣鼓你的牙了。”比莉的妈妈说，“它以后自然会长好的。你赶紧去刷牙吧，上学要迟到了。”

比莉的妈妈今天有一些烦躁，因为昨天夜里诺亚哭闹了一整晚，让她一夜都没睡好。

最近诺亚的脸颊红扑扑的，嘴角还经常流口水，妈妈说他开始长乳牙了。

比莉正小心地刷着牙，爸爸把头探进了卫生间来。“我可以帮你拔牙。”他开玩笑说，“我只要用一条绳子，一头绑在你的牙齿上，另一头拴在门把手上，然后，猛地关门，砰！牙齿就拔掉了！”

“没门！”比莉把嘴里的牙膏沫吐进洗手盆里说，“那样会很痛的！”

比莉的爸爸送她还有她最好的朋友杰克一起去学校。

在路上，她又忍不住去摇晃那颗歪了的牙。

“吃个苹果怎么样？”杰克建议道，“我有一颗牙就是这样给弄掉了的。”

比莉摇摇头说：“那样会很痛的。”

她索性把手插进了口袋，免得自己的手指总想伸进嘴巴里。

在学校里，比莉的班级正好在学习关于牙齿的课程。大象那又大又尖的牙叫作象牙，鳄鱼有七十颗牙齿，而鲨鱼有三组牙，甚至连鼻

涕虫都有牙齿！

沃尔顿老师问大家："班里有多少人已经掉过一颗牙了？"

除了比莉，班里的每个人都举起了手。

比莉皱起了眉头，低头看着课桌。

加油啊，牙齿！她心里想。

2

游戏时间，比莉和杰克跟班里其他孩子一起玩追捕游戏。杰克先当追击者，他追着比莉绕着操场跑。

比莉跑得非常快，可是杰克还是在饮水池边追上来，抓住了她。“该比莉追了！”他大声说。

比莉决定，她要先抓米卡。米卡跑得也很快，但是她跑不过比莉。比莉跑啊跑啊，跑啊跑啊……噢，不！比莉被绊倒了，她重重地摔倒在了水泥地上。

虽然比莉用手撑了一下，但下巴还是狠狠地撞到了地面。她痛得坐在地上大哭起来。

比莉的手擦破了，膝盖擦破了，下巴也被磕破了。她感觉全身都火辣辣地痛。可怜的比莉！

杰克赶紧跑过来，米卡、艾拉、特蕾西也都跑过来看她。大滴大滴的热泪从比莉的脸颊上滚了下来。米卡紧紧搂着比莉。

“我要带她去看医生！”艾拉说。

“还是我去吧！”特蕾西说，“该轮到我了。”

“你们可以一起来吗？”比莉抽泣着说，“我需要你们全都来，扶着我走路，我的膝盖真的是太疼了。”

比莉的朋友们扶她慢慢站了起来。

“等等！”杰克说，“看！”

比莉顺着杰克的眼光看去，只见地上有一个小小的、白白的、比米粒大不了多少的东西。

你们能猜到那是什么吗？

“我的牙！”比莉喘息着说。

比莉用舌头舔了舔牙齿上的缺口，感觉黏糊糊的，还有金属的味道。比莉熟悉那个味道，她又喘了一口气，问：“流血了吗？”

艾拉朝比莉的嘴巴里面看了看，说：“有一点点。”

特蕾西好像吃了苦瓜一样苦着个脸。

比莉有些担心了。

“没事。”杰克说，“一点事都没有。”他捡起了那颗小牙齿，递给了比莉。

这时，沃尔顿老师走了过来。

“比莉摔倒了！”艾拉大声说。

“噢，我的天哪！”沃尔顿老师心疼地说，“看看你可怜的膝盖，还有你的下巴！我们最好给你清洗一下伤口。”

“看！”比莉说着伸出手，给沃尔顿老师看她手中的小牙。沃尔顿老师笑了，她从口袋里拿出一片纸巾，说：“放这里吧。你不想把它丢

掉吧？把它包起来，拿回家，给牙仙子。”

比莉忍着疼咧嘴笑了，牙仙子！尽管她的膝盖、手和下巴都受伤了，可她还是忍不住觉得很兴奋。

3

放学后，比莉的爸爸来接她，看到比莉缠着绷带吓了一跳。“天哪，比莉！发生什么事了？”爸爸问。

可是比莉太兴奋了，几乎忘了所有的伤痛。

“我摔倒了，不过你看！”比莉说着小心地打开纸巾让爸爸看那颗掉了的小牙。

比莉的爸爸笑着说：“太让人激动了！别把它弄丢了。

看来，今晚牙仙子要光顾咱们家了！”

比莉发出惊喜的尖叫声，她重新把牙齿包好，放进口袋里。

在回家的路上，比莉坐在汽车里不停地用舌头去舔牙齿的那个缺口。

一到家，她就冲进屋里，想给妈妈看她掉的牙。

妈妈正坐在沙发上给诺亚喂奶，她看上去很累。

“妈妈，妈妈！”比莉大声喊叫着，“看哪，看哪！”

比莉的喊声太大，把诺亚给吓哭了。

妈妈开始似乎有点生气，但当她看到比莉缠着绷带后，还是关切地问：“噢，我可怜的小战士！你这是怎么回事啊？”

“我摔倒了。”比莉闷闷不乐地说，“不过，您看！”她张开嘴，给妈妈看那个掉牙后的缺口。

“你的牙掉了！”比莉的妈妈说完给了她一个拥抱。

诺亚又不高兴地哼哼起来。

比莉皱起眉头。“他怎么这几天总是哭啊？”

比莉的妈妈站起来摇晃着诺亚，想哄他睡觉。

“这不能怪他。”妈妈叹了一口气说，“他正在长牙呢。比莉，长牙时牙龈会痛的。”

可是比莉根本不想讨论诺亚的牙，她只想说自己的牙。“看哪！”比莉说着把手伸进口袋里拿出了纸巾包，小心地打开，可是……纸巾里是空的！“等等。”比莉翻了翻自己的口袋，什么也没有。“噢，不。”她感到嘴唇开始发抖，“我找不到它了！”

“也许掉在车里了？”妈妈说。

比莉翻遍了汽车里所有的地方，可牙齿还是没找到。

比莉哭了起来。她的膝盖受伤了，她的手也受伤了，甚至连下巴都受伤了。而现在，连牙齿也给弄丢了！

4

晚上，诺亚睡了，比莉的爸爸给他盖好被子。妈妈走过来坐在比莉的床边，而比莉仍然感到非常气恼。

“噢，比莉。”妈妈抱了抱比莉，安慰她说，“也许牙仙子还会来的。”

但是，比莉难过地摇了摇头。每个人都知道，只有当有牙齿需要被拿走时牙仙子才会来。

正在这时，比莉有了一个主意，一个绝妙的主意。

“我知道了！”她擦了擦眼睛说，“也许我可以给牙仙子写一封信！”

“嗯，这真是一个好主意！”比莉的妈妈赞同道。

于是，比莉拿出她亮闪闪的钢笔给牙仙子写了一封信。她甚至还画了一幅图。

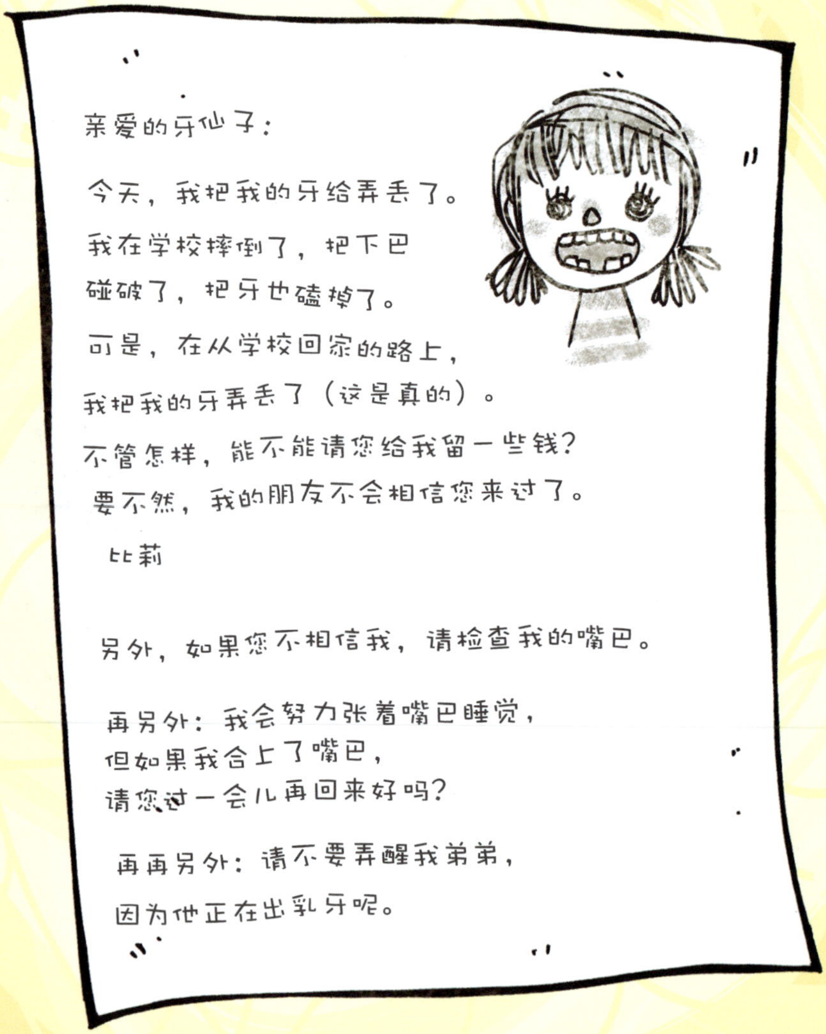
亲爱的牙仙子：

今天，我把我的牙给弄丢了。

我在学校摔倒了，把下巴碰破了，把牙也磕掉了。

可是，在从学校回家的路上，我把我的牙弄丢了（这是真的）。

不管怎样，能不能请您给我留一些钱？

要不然，我的朋友不会相信您来过了。

比莉

另外，如果您不相信我，请检查我的嘴巴。

再另外：我会努力张着嘴巴睡觉，但如果我合上了嘴巴，请您过一会儿再回来好吗？

再再另外：请不要弄醒我弟弟，因为他正在出乳牙呢。

比莉把写好的信藏在枕头下面。然后，妈妈亲了她一下就出去了。

第二天早上，比莉醒来后慢慢地坐起来，她的膝盖和手一直很痛，她的下巴也很痛。她习惯性地摸了摸她的歪牙齿——噢，对了，它已经掉了。

比莉突然想起来——牙仙子！她来过了吗?

比莉拿起了她的枕头。在她的床单上有一枚亮晶晶的金币。

“妈妈，爸爸！”比莉大声叫喊着。

她跑去找爸爸妈妈。爸爸已经醒了，他正抱着诺亚。“嘘嘘……”他说，“妈妈还睡觉呢。怎么了，比莉？”

“牙仙子来过了！”比莉兴奋地小声说，“她一定读了我的信，因为她给我留下了钱！”

“那真是太好了。”比莉的爸爸笑着说，“看起来牙仙子昨晚很忙啊，你看！”

比莉的爸爸轻轻地打开诺亚的嘴巴。

比莉朝里一看，在诺亚嘴巴的牙龈底部，长出了一颗米粒大小的白色乳牙。

大捣蛋鬼

1

比莉·B·布朗背着一个笨重的书包，拿着两块香蕉三明治，皱着眉头，一副气鼓鼓的样子。想不想知道"比莉·B·布朗"里的"B"代表什么？

"B"代表着"Bully"——捣蛋鬼。

比莉的学校里有一个大捣蛋鬼，他的名字叫杰森。杰森现在上五年级。

昨天，比莉和杰克正在跑道上踢她买的新足球，杰森经过时，一脚把球踢到了老高老高的

大树上。

“喂，那是我的足球！”比莉冲他大喊。

“那又怎样？”杰森的口气很不友好，他还朝比莉的小肩膀捅了一拳，“你要是敢打小报告，就会有大麻烦！听明白了吗？”

比莉咬住嘴唇，点了点头。

她还从来没有离杰森这么近过。

他真是可怕极了。

杰森得意地踏着重重的步子走远了。

比莉感到泪水刺痛了双眼。“那可是我的新足球啊。”她声音低得几乎听不到。

“我们应该去告诉沃尔顿老师。”杰克愤愤地说。

“不要了！”比莉说，“杰森的话你也听到了。如果他发现我们告了他的状，我们会有大麻烦的！”

于是那只球只能这么待在树上了。比莉和杰克伤心地走回了教室。

于是，比莉和杰克决定不再去跑道上玩了，他们可不想再撞见那个可怕的杰森。

比莉和杰克今天的第一堂课是美术课。比莉超爱美术课。前天，他们用黏土做了茶壶，打算作为母亲节的礼物。成型的茶壶晾了两夜后已经风干了，今天，他们的任务是给茶壶上色。

杰克做的茶壶看起来像一个机器人，有两只手臂，一只当作把手，一只是茶壶嘴。这算是一只非常不错的机器人茶壶。

比莉尝试做一个房子茶壶，但是最后的结果却和她期待的很不一样。

现在，它看上去更像一坨从大象屁股里拉出来的东西。

比莉忍不住咯咯笑了起来。

“这位先生，想来点大象便便茶吗？”她用很时髦的语气说。杰克被逗得大笑起来。

然后他们一直哼唱着茶壶歌，直到下课铃声响起。

2

沃尔顿老师让大家把茶壶直接拿到教室去，然后就可以出去玩了。

于是，比莉和杰克端起了各自的茶壶，小心翼翼地从美术教室走出来。尽管自己做的茶壶看起来有点滑稽，但她知道妈妈一定会非常喜欢这份礼物的。

在回教室的路上，比莉看见了正在玩攀吊架的丽贝卡。她想给丽贝卡看一眼这个茶壶，她觉得丽贝卡也一定会被自己的这只茶壶逗乐的。

“我要去看看丽贝卡。”比莉对杰克说。

“但沃尔顿老师让直接……”杰克有些担心。

比莉不屑一顾地说：“我马上就回来了！”于是，她端着茶壶小心地向攀吊架那边走去。

丽贝卡看见比莉后朝她挥了挥手，比莉加快了脚步。就在她快要走到丽贝卡身边时……“砰”！有人撞上了比莉，她的茶壶碎了一地。

丽贝卡和比莉都惊呆了。比莉抬头一看，站在她面前的正是捣蛋鬼杰森！他满脸通红，喘着粗气。

比莉感觉一团愤怒的火球就要冲出胸膛。即便杰森是全校个头最大、最让人讨厌的捣蛋鬼，她也不在乎。因为他把她的茶壶打碎了，这都是他的错！

“看看你干的好事！”比莉声嘶力竭地喊道，“你摔碎了我的茶壶，还把我的足球踢到树上，你是全世界最坏、最讨厌的人！没有人喜欢你！”

比莉喊完后脑袋有点晕。杰森惊讶地张大了嘴巴，然后一声不吭地跑开了。

丽贝卡跪在地上帮比莉把茶壶的碎片捡了起来。

“他连句‘对不起’都没说。”比莉生气地说，“我打赌他一定是故意的！”

“你应该去告诉沃尔顿老师。”丽贝卡建议。

比莉摇摇头说：“不行，那样只会让事情变得更糟，杰森又坏又惹人讨厌，而且，他还很吓人。”

“我倒觉得刚才你冲着他喊的时候，他是被你吓到了。”丽贝卡说。

比莉忍不住笑了，但在内心深处她还是感到非常不安：杰森会生我的气吗？会找我麻烦吗？她默默地端着摔坏的茶壶碎片向教室走去。

3

沃尔顿老师看见比莉的茶壶碎片，十分惊讶。

“啊，亲爱的比莉！”她说，“这是怎么回事？”

“我把茶壶摔碎了。”比莉小声地说。对老师说谎让她感到很不舒服，但是她又想不出更好的办法。

“没关系，你还可以画一幅画作为母亲节的礼物。”沃尔顿老师说，“不过，你看，现在你应该知道为什么让你带着茶壶直接回教室了吧。”

比莉点点头。如果她当时直接回教室，就不会撞上那个讨人厌的杰森了。

课间休息时，比莉、杰克还有丽贝卡常常在攀吊架旁玩耍，但是现在他们只有在确定了周围没有杰森的身影后才敢过来。

“可是杰森为什么会出现在攀吊架边呢？”比莉疑惑地说，“他几乎都不怎么来我们这边的操场的。”

“我希望他再也不要来了！”杰克紧张地说。

为了确定这一点，他们坐在攀吊架最高的横杠上不停地四处张望，直到上课铃响起才下来。

课堂上，比莉认真地做着数学题。她早早地完成了作业，留出时间为母亲节画画。在这幅画里，她把妈妈画在一道美丽的彩虹下。这份礼物可比那个滑稽的茶壶看上去好多了——不过她仍然为杰森打碎了它而难以释怀。

午休的铃声响了，杰克迅速地收拾好桌面，比莉还在画画。

"我在攀吊架那里等你。"杰克说。

比莉点了点头。所有人都出去玩了，她也终于画完了画。她把画卷起来，打算放进走廊柜子的书包里。

正当比莉打开书包把画放进去的时候，她听见了重重的脚步声。她猛地转过身来，看见一个人正站在她的面前。

你一定猜到了是谁，对吗？没错！正是杰森！比莉的心怦怦地狂跳，就像胸中住了一只受惊的小兔子。

4

“你……你想干什么？”比莉提高了音调，想努力让自己听上去很勇敢。

她真希望自己从来没有冲杰森大吼过，她确信自己这次遇上大麻烦了。

杰森皱着眉头说：“嘿，小鬼，我有样东西要给你。”他的声音有些沙哑，说完他从背后拿出了比莉的足球。

比莉惊讶地问：“你是怎么拿到它的？”

杰森耸耸肩说："昨天晚上，我和爸爸来学校了。我们用一只扫帚棍把它打下来了。幸好我爸爸很高。"说完他咧嘴一笑。

"原来是这样。"比莉心想：这是杰森在对我示好吗？这是那个讨人厌的捣蛋鬼？

"啊……谢谢你。"她不知所措地说。

"课间的时候，我正要过来告诉你……"杰森说，"结果就撞到你了，而且还打碎了你的……你的什么来着？"

"是茶壶。"比莉恼火地说。

杰森踢着地板，继续说："不过，你说的很对，没有人喜欢我。"

"真的吗？"比莉无法想象没有朋友是一种什么样的感觉，那一定非常孤单。

杰森低头看着自己脏兮兮的手指，低声说：

"我不擅长做游戏，生起气来就会把什么事情都搅得一团糟，现在没人愿意和我一起玩。"

"是吗？"比莉说，"有时候我也会很生气。"

杰森咧嘴笑了。"这我已经知道了！"

"但我并没有因为这个而失去朋友。"比莉说，"如果你把事情搞砸了，你就必须道歉。"

杰森沉默了片刻，然后他的脸上浮现出一副很搞笑的神情，就像是嘴里含着什么粘牙又耐嚼的东西。

"唔……关于你的足球，我很抱歉。"他轻声说，"还有你的茶壶。"

比莉觉得自己胸中愤怒的火球渐渐冷却了。

"没有关系啦。"她笑道，"反正那也不是什么特别好的茶壶。说实话，比起茶壶，它看起来更像是一坨大象的便便。"

杰森听了哈哈大笑起来。

比莉发现，笑起来的杰森看上去一点儿也不坏。

杰森把他的大手搭在比莉的肩膀上说："你这个人还不错嘛，一个不错的小鬼。"

比莉咧嘴一笑回敬道："你也还不错，一个不错的大捣蛋鬼。"

杰森又笑了，这次的笑声比上一次还要大。

比莉意识到他其实并不是一个很坏的人。

正在这时，比莉突然有了一个主意，一个绝妙的主意！

“嘿，你喜欢踢足球吗？”她问。

“喜欢啊！”杰森自豪地说，但随后他很快又露出了沮丧的神情，“但没有人愿意让我加入他们的队伍。”

“嗯，那你想不想和我们一起玩儿？”

“真的吗？”杰森兴奋地说。

“当然是真的！不过你不能再把球踢到树上，你能保证吗？”她故意语气严厉地说，“否则你麻烦就大了！”

杰森咧嘴笑了。“好！”他说，“我保证。”

比莉在想，当她和这个大捣蛋鬼一起走进操场时，杰克会是一副什么样的表情呢？她简直都等不及了！

比莉的成长日记

上

[澳] 莎莉·瑞萍 著 [澳] 阿基·福冈 绘 朱银涛 译

人民东方出版传媒
People's Oriental Publishing & Media
東方出版社
The Oriental Press

图字：01-2016-8023号

图书在版编目（CIP）数据

比莉的成长日记 /（澳）莎莉·瑞萍 著；朱银涛 译 .—北京：东方出版社，2018.5
（小桔灯成长阅读）
ISBN 978-7-5207-0282-9

Ⅰ.①比… Ⅱ.①莎… ②朱… Ⅲ.①儿童故事—图画故事—澳大利亚—现代
Ⅳ.① I611.85

中国版本图书馆 CIP 数据核字（2018）第 049763 号

比莉的成长日记
（BILI DE CHENGZHANG RIJI）

作　　者：[澳] 莎莉·瑞萍
绘　　者：[澳] 阿基·福冈
译　　者：朱银涛
策 划 人：吴玉萍
责任编辑：唐　华
责任审校：金学勇　谷轶波　曾庆全
出　　版：东方出版社
发　　行：人民东方出版传媒有限公司
地　　址：北京市东城区东四十条 113 号
邮　　编：100007
印　　刷：北京捷迅佳彩印刷有限公司
版　　次：2018 年 5 月第 1 版
印　　次：2018 年 5 月第 1 次印刷
开　　本：889 毫米 × 1196 毫米　1/16
印　　张：20
字　　数：159 千字
书　　号：ISBN 978-7-5207-0282-9
定　　价：98.80 元
发行电话：（010）85924663　85924644　85924641

目录

笨拙的小蝴蝶

1

比莉·B·布朗扎着两条乱糟糟的羊角辫，穿着一双粉红色的芭蕾舞鞋和一条崭新的芭蕾舞裙。你知道“比莉·B·布朗”中的“B”代表什么吗？

恭喜你，猜对了！“B”代表“Ballerina”——芭蕾舞女。

今天，比莉决定以后要成为一名著名的芭蕾舞演员，于是她穿上了这条漂亮的芭蕾舞裙。

你觉得芭蕾舞演员版的比莉看上去怎么样呢？

比莉最好的朋友是杰克。

杰克和比莉不仅是朋友，还是邻居，

所以他们总在一起玩儿。如果比莉想踢足球，杰克会和她一起踢；如果杰克要听音乐，比莉就和他一起听；如果比莉想做一个美味的香蕉蜂蜜糖霜三明治，那么杰克也会做一个，虽然他更喜欢三文鱼馅的。

今天，比莉和杰克要一起去上芭蕾舞课。什么？你觉得男生不能跳芭蕾舞？不，他们当然可以。

男生也可以成为非常优秀的芭蕾舞演员。眼下，比莉穿着她的新芭蕾舞裙，而杰克则穿着一条足球短裤。

比莉和杰克的舞蹈老师叫作丹缇，比莉觉得丹缇老师很漂亮。

丹缇老师把所有的女生编进了一个队伍。队伍里有一个叫作洛拉的女生，她也是比莉的同班同学。

洛拉的芭蕾舞裙上有很多闪闪发光的小亮片。比莉有一丢丢

嫉妒，她多么希望自己也能穿着一条有那么多小亮片的芭蕾舞裙啊！

“好了，所有女孩子请注意！”丹缇老师发话了，“你们马上就会变成蝴蝶了。当我弹起钢琴的时候，我希望你们像一只只优雅美丽的蝴蝶那样在房间里翩翩飞舞。”

洛拉的手臂像翅膀一样上下扇动，她看上去真像一只优雅的蝴蝶。

“洛拉跳得不错！”丹缇老师夸奖道。

比莉希望丹缇老师注意到她也可以像小蝴蝶扇动翅膀一样舞动自己的胳膊，于是她飞快地上下挥舞胳膊，同时还旋转起来。

“啊！”比莉旁边的女生叫了起来，“你踩到我的脚了！”

“啊！”比莉前面的女生叫了起来，“你打到我的鼻子了！”

“小心点儿！”比莉后面的女生也叫了起来，“你撞到我的眼镜了！”

“谢谢你，比莉。”丹缇老师说，“不过，等大家都准备好了再开始，好吗？”

丹缇老师向男生那边走去。教室里一共只有三个男生，杰克是其中之一。他正向比莉挥手，比莉也向他挥了挥手。

“好了，男生们注意！”丹缇老师说，“我希望你们变成凶猛的怪兽，重重地踏步，试着抓住那些美丽的蝴蝶。大家准备好了吗？”

“准备好了！”教室里的同学们齐声喊道。

比莉是所有人里喊得最大声的，因为她真的很想很想成为一只美丽的芭蕾舞蝴蝶，她希望丹缇老师知道这一点。

2

“好了，同学们，我们开始吧。”丹缇老师说。

她坐在钢琴前，右手弹奏出一首优雅的蝴蝶曲，左手弹奏出一首低沉的怪兽曲。

比莉开始用力挥舞着胳膊在房间里跑来跑去——她是一只飞得很快的蝴蝶，而且有时候她还会不小心撞到其他蝴蝶。

“啊！”其中一只蝴蝶喊道。

“小心点儿！”另一只蝴蝶的喊声又起。但是比莉没有停下舞步，她想象自己是一只美丽的芭蕾舞蝴蝶，正在微风中飞舞。

杰克是一头怪兽。他试图抓住比莉，可她飞得实在太快了，所有怪兽都追不上她！她上下拍打着翅膀，在房间里飞呀飞，飞呀飞。

比莉一边飞，一边观察丹缇老师有没有注意到她。她多么希望老师能发现她是一只优雅美丽的蝴蝶呀。可就在这时，“咣当”一声——

比莉笔直地飞到了镜子上。

“噢，亲爱的！”丹缇老师急忙跑了过来，心疼地说，“比莉，你最好飞慢一点儿！感觉怎么样？痛不痛？”

比莉狠狠地撞到了头。虽然很痛，但她可不想在老师的面前掉眼泪。她坐下来，揉着晕乎乎的脑袋，直到感觉稍微好点了才睁开眼睛。

丹缇老师用她冰凉的大手

按住了比莉的额头，比莉一下子感觉好多了。

“我没事。”比莉强装出欢快的语气说，“看！”她尽力上下挥动着胳膊，就像一只蝴蝶用尽最后一丝力气拍打着受伤的翅膀。

“就算没事，你也最好坐下来休息一会儿。”丹缇老师安抚道。

“我会陪着她的。”杰克跑了过来。

“谢谢你，杰克。”丹缇老师说。

丹缇老师站了起来，大声拍手。

同学们听到声音纷纷转过身来。

“好了，同学们，继续挥动着翅膀飞舞吧。太美了，洛拉！没错，就是这样！来吧怪兽们，让大家看看你们的舞步！跳得真棒！”

比莉难过地垂下了头。她满心失望地对杰克说道：“我跳不好芭蕾舞。”

她皱着眉，失落地盯着地面。

“不，你一定能跳好的！”杰克鼓励她说，“我们只是需要练习。别担心，我们可以在家一起练！”

“真的吗？”比莉喜出望外，“真是太好了！谢谢你，杰克。”

3

这一天傍晚，比莉飞快地吃完了晚饭。

“我可以去杰克家玩儿吗？”她一放下碗就问爸爸妈妈。

“不吃甜点了吗？”爸爸奇怪地问。

“是香蕉布丁哦！”妈妈在一旁充满诱惑地补充道。

“等我回来再吃。”比莉说，“我得去练习芭蕾了！”

说着，比莉奔跑着从后门冲进了花园。

花园里有一排又老又旧的围栏，围栏的中间破了一个洞，刚好方便比莉和杰克钻入钻出。

比莉钻进杰克家的花园，透过他家窗户，看到杰克和家人们还在吃晚餐。

杰克也注意到了窗外的比莉，就向她挥了挥手，明显加快了吃饭的速度。杰克的爸爸转过头来向她招手，示意比莉进屋来。

“晚上好啊，比莉。”杰克的爸爸说，“杰克正说你呢，说你跳舞跳得可好啦！”

比莉觉得十分自豪，向杰克微微一笑。

“是的！我们要成为著名的芭蕾舞演员！”比莉说，“不过，我们还需要再练习练习。”

“走吧！”杰克已经兴奋得要跳起来了。

“不吃甜点了？”杰克的妈妈也感到奇怪。

“是芝士蛋糕哦！”杰克的爸爸同样在一旁充满诱惑地补充道。

“等一会儿再吃！”比莉和杰克异口同声地说，然后就跑进了杰克的卧室。

比莉努力练习成为一只蝴蝶，而杰克则努力练习成为一只怪兽。

比莉挥舞着手臂在房间里飞来飞去。

“咣当！”这一次，她撞倒了杰克的乐高玩具桌，积木块

飞得到处都是。

“砰！”她又撞上了杰克的书桌。桌子上的星球大战人物模型掉了一地。

“比莉，你飞得太快了！”杰克说，“你得像小蝴蝶一样飘来飘去。轻一点，慢一点，就像这样。”

杰克踮起脚尖，优雅地挥动着胳膊在房间里飞舞起来，就像一只真正的蝴蝶。

比莉皱起眉，生气得直跺脚。

“我学不会！”她说，“这太难了！我永远也做不成芭蕾舞演员了！”

“是啊，你看起来更像是一只踏重步的怪兽，哈哈。”杰克开玩笑道。

听到这句话，比莉突然笑了起来。“啊！”她说，“我有了一个好主意！”

4

整整一个星期，比莉和杰克都在放学后一起练习芭蕾舞。有时在比莉的房间里练习，有时在杰克的房间里练习。爸爸妈妈们总能听到他们练习的声音：“噔！噔！噔！”

“你们真的是在跳芭蕾舞吗？”每当噪声变得无法忍受的时候，爸爸妈妈就会这样说。

“是啊！”比莉和杰克回答他们，“不过你们千万别进来！”

等到下一次上芭蕾舞课的时候，比莉和杰克已经做好了充分的准备。

比莉依旧穿着她的芭蕾舞裙，不过这一次她没有穿那双柔软的粉色舞鞋，而是穿了一双大大的红色靴子。

猜猜我们的比莉接

下来要做什么呢？

比莉的妈妈开车送比莉和杰克来到舞蹈教室。他们走进教室后，丹缇老师拍了拍手说道：

“孩子们，很高兴又见到你们。大家准备好像蝴蝶和怪兽一样跳舞了吗？”

比莉和杰克看了看对方，笑着点了点头。

“比莉，今天你跟着洛拉跳怎么样？杰克，你现在可以去男生那边了。”

“呃，其实……我们已经决定交换角色啦。”比莉说。

“你的意思是？”丹缇老师问。

“杰克当小蝴蝶比我跳得好多了，”比莉解释道，“而且，我觉

得我是个非常不错的怪兽！”

丹缇老师开心地笑了。“多棒的主意啊！比莉，你当然可以当小怪兽，至于杰克嘛，如果你愿意当小蝴蝶的话，老师也全力支持你。”

“太好了！”比莉和杰克齐声喊起来。

舞蹈课开始了，杰克在教室里轻盈地飞来飞去，而比莉则在他身后踏着重步追赶。杰克的小蝴蝶轻盈优雅，比莉的小怪兽凶猛有力。两个人都跳得非常开心。

下课了，杰克的爸爸来教室接他们回家。

“比莉，今晚的舞蹈课怎么样？”他问，“还想做一名著名的芭蕾舞演员吗？”

“也许吧。”比莉一边说一边向杰克笑了笑，“不过我想，我还是更喜欢踢足球。”

球星来了

1

比莉·B·布朗有十五颗雀斑，六双条纹袜子，还有一块香蕉三明治。你知道“比莉·B·布朗”中的“B”代表什么吗？

它代表着“Brave”——勇敢。

有时候，比莉必须勇敢起来，比如今天。

比莉有一个最好的朋友，他的名字叫杰克。

比莉和杰克在学校里是同班同学。

每到午休时间，他们会一起在攀吊架上玩耍。比莉喜欢倒挂在架子上待着，杰克则喜欢攀吊着从一边荡到另一边。玩够了，他们就爬到架子顶上一起吃午饭。

从这里他们能看到整个操场。这真是个吃午饭的好地方。

今天午饭后，一个同年级的男生跑了过来，他是山姆。山姆站在攀吊架下抬头望着比莉和杰克，说："我们足球队缺一个人。"

"好！咱们去吧！"比莉说着看了看杰克。

"呃，女生可不行。"山姆为难地说。

比莉听了这话立刻皱起了眉头。"为什么不行？"

"因为女生踢不了足球。"山姆坦率地回答。

比莉可从来没听说过这种愚蠢的想法。

“你胡说！”她说，“不过反正我也不想踢，踢球最没劲了。”

“真的吗？”杰克说，“可是比莉，你跑得很快，我敢打赌，你要是踢球肯定会踢得很好！”

比莉还是摇了摇头。她很想叫杰克也别去，她很想告诉杰克，如果他走了，那么就只剩下比莉一个人了。

可气鼓鼓的比莉实在不好意思说出这些话。她张了张嘴，却什么都没说。

山姆邀请杰克：“你来吗？”

“当然。”杰克回答得很爽快，“比莉，要不要过来看比赛？”

“不去！我说了，足球很无聊！”

杰克只好一个人跳下攀吊架，和山姆一起向足球场跑去。

比莉一个人坐在攀吊架上，手

里拿着半个没有吃完的香蕉三明治——香蕉三明治是比莉的最爱，可现在她一口也吃不下。生气和难过这两种情绪在比莉的肚子里来回翻滚，乱成了一团。

她合上午餐盒，呆呆地等着上课铃声响起。

2

当上课铃响的时候，比莉正站在洗手池旁等着和杰克一起回去上课。杰克和其他踢足球的男生一起走了过来，看上去非常开心。

“比莉！”杰克兴奋地喊道，“我们赢了！我还进了一球！你真该来看看！”

看着杰克灿烂的笑容——他牙齿中间的一条大缝使他笑起来的样子很逗——比莉也笑了，她对杰克的气一下子烟消云散了。

“真棒！”她说，“走吧，我们得开始做今天的手工作业了。”

“我要和本尼还有山姆坐一块儿。”杰克说，“我们要一起做一个足球场，你也和我们坐一块儿吧！”

“比莉不能和我们一起做足球场。”山姆突然说。

“为什么又不行？”比莉问。

“因为你是个女生。”本尼抢答道，“女生不能踢足球。”

这句话一下子又点燃了比莉的怒火，她很生气，生山姆和本尼的气。

但最让她生气的还是杰克，他可是比莉最好的朋友啊！他俩一直都是坐在一块儿的。

“好啊！反正我也不想和你们男生一起坐！”她气呼呼地说，“我才不想做什么足球场！足球最最没意思了！”

比莉的情绪又在肚子里翻滚起来。她飞快地跑开了，担心自己下一秒就会哭出来。她努力忍住泪水，握紧拳头，直到不再想哭才停下来。

这时，艾拉和特蕾西从比莉的身边走过。她们是最好的朋友，常常梳的发型都一模一样。比莉也喜欢她们，不过她可不想和她们梳一样的发型。

“比莉，你好呀。”艾拉和她打招呼，“今天的手工作业你想好做什么了吗？”

“还没想好呢。”比莉有点低落。

“我们要做一个马戏团。”特蕾西说。

“太酷了！”比莉问，“我能和你们一起做吗？”

“当然，没问题。”特蕾西说，“不过你和我们一起的话，那杰克怎么办？你不和他一组了吗？你们两个不是一直都坐在一起吗？”

“他现在眼里只有那些踢足球的臭男生！”比莉愤愤地说，“山姆和本尼居然说女生不能踢足球。”

“他们说得没错啊。”艾拉说，“哪个女生会想去踢足球啊？”

“是啊。”特蕾西也说，“足球是男生的游戏。”

“这太可笑了！”比莉说，“女生也能踢足球！”

突然，比莉一点也不难过了，她既不难过，也不生气了。

她想到了一个好主意！

3

放学后，杰克和他的妈妈照例在校门口等比莉。比莉每天都和杰克一起回家，因为他们不仅是朋友，还是邻居。

“在这儿，比莉。”杰克的妈妈说，“你们两个今天在学校开心吗？”

“开心！”杰克兴奋地说，“我踢了足球，而且进了球赢了比赛！”

“那太棒了。”杰克的妈妈牵着他们的手过马路，“那你呢，比莉，你踢足球了吗？”

“没有。”比莉悻悻地说，“我不想踢。”

“这可不像我们比莉的风格啊。”杰克的妈妈笑了，“你和杰克不是玩儿什么都一起玩儿的嘛。”

比莉深深吸了一口气，她觉得有些紧张。

有时候，说出真相是非常需要勇气的一件事。说出真相之前的感觉并不好受，甚至让人有些担心。不过今天，比莉决定勇敢一回。

“我不喜欢你丢下我一个人去踢足球。”她鼓足勇气，对杰克说，“你不想做我的朋友了吗？”

杰克听她这么说大吃一惊。“怎么会？你什么时候都是我最好的朋友，比莉！我今天还以为是你不想和我一起玩儿了呢！”

听到杰克这么说，比莉别提有多高兴了。刚刚她还在担心也许杰克以后只想和男生一起玩了。

比莉终于咧开嘴笑了。“我有一个好主意，不过需要你帮忙，等我们到了家，和我一起

去公园好吗？”

杰克抬头看着妈妈。

妈妈点了点头，微笑着说：“当然可以，我可以带你们去公园。不过比莉，你最好先回家跟你妈妈说一声。十分钟后我们在你家大门口等你。”

“太好了！”比莉拍手道。

杰克笑了。他看得出来，比莉一定又有了一个绝妙的主意。

“我们去公园做什么呢？”他好奇地问。

“到了公园我自然会告诉你。”比莉神秘地说，“带上你的足球！还有你的红色帽子！”

4

第二天，比莉的爸爸送比莉和杰克到学校时，山姆正在操场上等杰克。

“杰克。”山姆问，“午休时间来一起踢球吗？”

“来啊！”杰克一口答应。他看了看比莉，两个人相视一笑。

上课的时候，比莉和杰克像往常一样坐在一起。但午休铃一响，杰克就和山姆一起跑了出去。比莉一个人留在了教室里。

猜猜比莉和杰克接下来要做什么呢？

杰克和山姆在树荫下吃完了午饭就向球场跑去。他们的队伍

已经准备好了。

“看！”杰克说，“他们队有一个新队员！”

这位新队员戴着一顶红帽子，脚上穿着一双红色条纹袜子。

比赛开始了！

山姆踢得很卖力，本尼也踢得很卖力，杰克是三个人里踢得最卖力的，可他们仍然不是另一支球队的对手。

另一支球队里的新队员踢得太好了。山姆、杰克和本尼都跑得很快，不过对这位新队员依旧毫无办法。

新队员冲过他们身边，一脚把球踢进了球门。

大家都为他欢呼起来！当然，山姆和本尼除外。他们可开心不起来，毕竟进球的是另一支球队。

“他们的新队员跑得真快。”山姆对本尼说。

“是啊。”本尼垂头丧气地说，“我们队里没人能比他快！”

本尼和山姆用尽全身的力气玩命跑，可还是追不上那位戴红帽子、穿红色条纹袜子的新队员。

不久，上课铃响了。对手赢了！

本尼和山姆看上去很生气，但杰克却一副高高兴兴的样子。

“你为什么还笑得出来？”本尼疑惑地问，“我们输了！”

“这完全不公平！”山姆气愤地说，“他们的新队员太厉害了！”

“是啊。”本尼也说，“他到底是谁？”

“过来看看你们就知道了。”杰克神秘地说。

他们一起走到那位戴红帽子的队员面前。

只见这位队员拿下帽子，灿烂地一笑。

你知道“他”是谁吗？

没错！就是比莉！

山姆和本尼震惊得一句话都说不出来。

“看见没？”比莉骄傲地说，“女生也能踢足球！杰克教给我的。”

比莉所在队伍里的男生也走了过来，开心地对比莉说：“杰克果然没错！你跑得真快！”

“我早就告诉过你们！”杰克自豪地说，“她可是个球星呢！”

比莉望着山姆和本尼，眨了眨眼说：“也许以后我会去你们的队伍踢球呢。”

“好啊！”山姆和本尼异口同声地欢呼起来。

“不过呢，有一个条件，”比莉笑着说，“那就是……我要当队长！”

第二好的朋友

1

比莉·B·布朗有六支闪闪发亮的笔，三个长在手指上的小疙瘩，还有一个最要好的朋友。

你知道“比莉·B·布朗”中的“B”代表着什么吗？

“B”代表着“Best”——最好的。

比莉最好的朋友是杰克。

从还是婴儿的时候起，他们就已经是好朋友了。

现在，比莉和杰克都长大了，到了上学的年纪。于是，他们每天上学一起去学校，放学一起走回家，每天上课也坐一起。

今天，比莉决定把她的新笔带去学校。这些闪闪发亮的笔是杰克送她的生日礼物。它们不仅外表闪亮，写出的字也闪闪发光，而且闻起来还有水果香味。比莉超级喜欢它们。

比莉把笔都放在桌子上，挑出一支粉红色的，拔下笔帽；很快，整个教室里飘满了香甜的草莓味。

“嗯……”沃尔顿老师皱起鼻子闻了闻，问，“有人在吃东西吗？”

教室里的同学们纷纷抬起头来四处环视。比莉迅速地把笔帽盖了回去。

她担心会因此惹上麻烦。

“比莉，是你吗？”沃尔顿老师皱着眉头问，“你是不是把棒

棒糖带到学校来了？”

“我没有！”比莉急切地回答，“不过……是我的新笔的味道。”

“原来是这样。”沃尔顿老师笑了笑说，“我的天啊，它的味道可真浓。”

“我能看看你的笔吗？”艾拉喊道。她蹦蹦跳跳地来到比莉的座位旁。

“我也要看！”这次是艾拉的同桌特蕾西。

“好了，孩子们。”沃尔顿老师不得不维持纪律，“都先坐下吧，等到午休的时候再去看比莉的新笔，好吗？”

比莉心里得意极了。她看了看杰克，杰克也正对着她微笑。

午休的铃声一响，班上的女孩子们纷纷涌到比莉的身边，一起欣赏她香喷喷的新笔。

“你从哪里买的？”洛拉问。

“是杰克送我的。”比莉有些得意地回答，“这是他送我的生日礼物。”

“哇，原来是杰克！”洛拉打趣道，“你男朋友送的啊！”

“他不是我的男朋友！”比莉一下子皱起了眉头，“这么说实在太可笑了！”

“他明明就是嘛。”洛拉咧嘴笑起来，“首先，他是个男生，其次又是你的朋友，那么他就是你的男朋友喽！”

其他女生咯咯地笑个不停。

比莉的眉头皱得更紧了——有时候洛拉和她的朋友真是太讨厌了！

2

午休时，比莉和杰克依旧走向攀吊架。

他们爬到上面吃午饭，吃完饭后，他们就在架子上倒挂着，比赛看谁能坚持得更久一些。

上课铃响了，比莉和杰克一起向教室走去。

就在这时，丽贝卡向他们走来。丽贝卡和他们是同班同学，她梳着两条和缎带编在一起的麻花辫，漂亮极了。比莉也想像丽贝卡一样梳这样长长的漂亮的辫子。她停下了脚步，杰克却继续向前走。

丽贝卡手中拿着一只紫色的小马玩偶。比莉看到心里有一点点嫉妒，因为在“描述物品”课上，丽贝卡的玩具总是最好的。

“你的小马玩偶真漂亮。”比莉羡慕地说。

“谢谢你。”丽贝卡问，“想不想玩一下？”

比莉伸出手，丽贝卡爽快地把小马玩偶递给了她。

真好看呀。比莉真希望她也有一只这样的玩偶。

“要不要跟我换？”丽贝卡突然问道，“你的笔给我，小马玩偶就归你啦。”

“这个嘛……”比莉犹豫起来，她不知道怎么办才好。

虽然她很喜欢这只小马，可那些笔是杰克送她的礼物。如果把笔换给别人，杰克会生气吗？

“我不知道。”比莉感到心里乱糟糟的。

“你可以来我家玩儿其他的玩具。”丽贝卡接着说，“我还有好多好多的小马玩偶。而且我们还可以一起梳麻花辫。”

比莉看了看手中的小马玩偶，又看了看丽贝卡长长的漂亮的麻花辫。她真的很想要这只小马，也很想梳丽贝卡那样的头发。不过比这些都重要的是，她很想和丽贝卡成为朋友。

“那……那好吧！”比莉终于答应了。

她把那些闪闪发亮的笔给了丽贝卡，把小马玩偶塞进了自己的口袋，然后和丽贝卡一起跑回了教室。

比莉兴奋极了。她感觉自己的肚子里就像有一条欢蹦乱跳的小鱼正在跳来跳去。

3

放学后，比莉和杰克一起向校门口走去。但是今天丽贝卡也在门口等着，她在等比莉和她一起回家。丽贝卡正在和比莉的妈妈聊天呢。

“比莉，你来了！”丽贝卡开心地说，“你妈妈说你今天可以去我家玩儿！”

“今天吗？”比莉问。

杰克听到后问比莉：“那我们的玩具小屋怎么办？”

“比莉不可能只和你一个人玩儿啊。”丽贝卡说。

比莉看着杰克。她知道杰克现在一定很难过，可她不知道该说些什么。另外，丽贝卡

想和她做朋友这件事也让她太兴奋了。

“杰克，我们改天再一起搭玩具小屋，好吗？”比莉小声地说。

杰克皱起眉，低头盯着自己的运动鞋，没有说话。

“比莉快来！”丽贝卡催促道，“我妈妈在等我们呢！”

比莉跟着丽贝卡上了车。她向杰克挥手，可杰克头都没有抬。

比莉挨着丽贝卡坐在黑色的汽车后座上，她感觉兴奋极了。现在她不仅有一只新玩具，还有了一个新朋友。

不过好景不长，比莉想到杰克，突然又难过起来，糟糕的情绪使她的肚子都抽搐起来。

4

不一会儿工夫她们就到家了。丽贝卡的家洁白而宽敞，就像一块大大的蛋糕。她的卧室里到处都是粉色和紫色，堆满了各种各样的玩具。比莉还从来没有见过这么多的玩具呢。

比莉看着丽贝卡从书包里掏出那些闪闪发光的笔，放在了桌上。这时，她的肚子又开始抽搐起来。

丽贝卡的爸爸为下午茶买了一些纸杯蛋糕，蛋糕上还印着小朋友的脸。它们吃起来香甜柔软，不像比莉的妈妈做的麦片蛋糕那样硬邦邦的。

“比莉，再吃一个吧！”丽贝卡的妈妈热情地说。

比莉很想再吃一个，可她的肚子开始感觉不舒服。她喝了点果汁，也没能让自己感觉好一点。

“我……有点不舒服。”比莉小声说。

“噢，亲爱的，快让我来看看。”丽贝卡的妈妈担心地说。她把手轻轻放在比莉的额头上说：“我这就送你回家，带一个蛋糕回去吃吧，好吗？”

丽贝卡的妈妈把纸杯蛋糕用粉色的餐巾小心地包装好。“孩子们，下楼拿上比莉的东西，我送她回家。”妈妈说。

比莉和丽贝卡走下楼梯。

比莉知道，她必须做一件事才能让自己的感觉好起来。

她把新换来的小马玩偶从口袋里掏了出来。

尽管这是她拥有过的最好的小马玩偶，但她还是不能留下它。她把小马递给了丽贝卡。

“对不起。”比莉说，“我们能换回来吗？那些笔是杰克送给我的。如果我把它们送人了，杰克一定会很伤心的。”

“我知道你为什么想要回它们。”丽贝卡说着把笔交到比莉的手里，“这是你的男朋友送你的，对吧？”

“杰克不是我的男朋友！”比莉气坏了，“他是我的朋友，而且是最好的朋友！是我最最最好的朋友！”想到杰克，比莉不禁笑起来，继续说道：“他很有趣，爬攀吊架很厉害，而且还会用树枝和叶子搭小屋！”

“哇噢！”丽贝卡说，“妈妈从不让我在花园里搭小屋玩，她说太脏了。”

“那你真应该来我们搭的小屋看一看。”比莉笑着说，“我敢肯定杰克绝对不会介意的！那里面地方可大啦！”

“真的吗？比莉，谢谢你邀请我去！”丽贝卡兴奋地说。

“比莉？”丽贝卡的妈妈喊她，“准备好了吗？”

“来了！”比莉一边回话，一边抓起书包，把笔塞进了前面的口袋。

“等等！”丽贝卡突然拉住比莉的手说，“这个小马玩偶，送给你。”

“什么？”比莉紧张地问，“你反悔了吗？”

“才不是呢。我有可多笔啦。”丽贝卡说，“我还有很多很多小马玩偶，可是我没有一个像你一样的朋友。所以，比莉，这个小马玩偶，我想送给你，我想和你做朋友。”

“谢谢你！”比莉开心极了。就在这时，她有了一个好主意。

“也许……我们可以当第二好的朋友？”

“太好了！”丽贝卡开心地说，“我愿意！”

“我也愿意！”比莉也喊起来。

丽贝卡和比莉一起开开心心地跑下楼梯。

丽贝卡的妈妈发动了车子，丽贝卡和比莉挥手再见。

比莉靠在车座上，她的肚子已经没有那么疼了。她拿出口袋里的餐巾，小心翼翼地打开它。

里面的纸杯蛋糕有点被压变形了，可她知道，杰克一定会很喜欢的。

午夜大餐

1

比莉·B·布朗拿着一把蓝色的手电筒，抱着一大袋棉花糖，站在一顶崭新的帐篷旁。你知道“比莉·B·布朗”中的“B”代表着什么吗？

它代表着“Big”——大孩子。

比莉·B·布朗说，她现在已经是大孩子了，可以去露营了！

猜猜比莉要去哪里露营，树林，公园，还是海边？

哈哈，没想到吧！就在杰克家的后花园！

杰克是比莉最好的朋友，也是她的邻居。他们两个人决定要在比莉的新帐篷里过夜。

猜猜他们还安排了什么节目？

他们要吃一顿午夜大餐！

这就是比莉要拿那么一大包棉花糖的原因。

此刻，比莉和杰克正坐在帐篷里商量夜宵的事。杰克带了两袋薯片，比莉有一些米饼和蘸酱。

杰克的爸爸突然拉开帐篷的门帘探进头来，招呼他们吃晚饭："孩子们，晚饭好了！回家吃饭了。"

"我们不吃晚饭啦！"比莉说，"我们有满满一帐篷食物呢！"

"现在到午夜还有很长一段时间呢。"杰克的爸爸说，"而且，今天的晚饭是意大利番茄牛肉面哦！"

杰克看看比莉，有点动摇。"是意大利番茄牛肉面呢。"他小声重复着。

比莉最喜欢吃意大利番茄牛肉面了。

"嗯……那好吧。"比莉改变主意了，"我们只进去吃一下晚饭，吃完就立刻回来！"

比莉和杰克飞快地跑进屋。闻到意大利面的香气，他们的肚子不禁咕噜咕噜地叫了起来。

他们一人吃了两碗意大利面。吃完就立即跑了出来，钻回帐篷里。外面的天还亮着……

“要不我们现在就把这些棉花糖拆开吃了吧？”杰克忍不住问。

他拿起那一大袋满满当当的棉花糖——有粉色的，有白色的，看上去美味极了。

“不行！”比莉坚决地说，“这是我们的午夜大餐！”

“那……”杰克说，“那我们吃掉这些薯片吧？”

“好吧。”比莉同意道，“还有这些蘸酱和米饼。就当练习吧！”

“好主意！”杰克说。

比莉和杰克一边吃，一边兴奋地扭动着身体。露营真是太好玩啦！

2

比莉和杰克钻进睡袋，他们一起吃完薯片，然后又开始吃蘸酱和米饼。不过，他们要把棉花糖留给午夜大餐。但午夜似乎还要很久很久才会到来——外面的天都还没黑呢。

“我们来玩游戏吧！”比莉提议道，“我家有 UNO 牌！”

“太好了！”杰克说。

于是，他们拉开帐篷，跑进了杰克家的后花园。他们沿着围栏跑，一直跑到围栏上一个可以通往比莉家后花园的小洞旁。

他们从洞里钻进了比莉家的后花园，向比莉家里跑去。比莉的爸爸妈妈正在客厅看电视呢。

“孩子们！”比莉的妈妈招呼他们，“今晚电视上会播《海底总动员》，还有五分钟就开始了。”

“我们在露营！”比莉大声回答，“露营的时候可看不了电视！”

“不过今天播的可是《海底总动员》啊，你确定不看吗？”杰克问比莉。

比莉最喜欢看《海底总动员》了。

听到杰克的话，比莉皱起了眉。“好吧，好吧。”她还是妥协了。

比莉和杰克在客厅里坐下来开始看电影。

比莉的爸爸还为他们准备了草莓和冰激凌，让他们一边看一边吃。

“该刷牙了。”看完电影，比莉的妈妈提醒她。

“露营的时候不用刷牙！”比莉说。

“不行，快去刷牙。”比莉的妈妈坚持道。

比莉和杰克只好去浴室刷牙。

杰克在比莉家留了一支备用牙刷。同样，杰克家也有一支比莉的备用牙刷。

终于刷完了牙后，两个人从后窗向外面瞧了瞧——现在外面已经是一片漆黑了。

“你们确定还要睡在外面的帐篷里吗？”比莉的妈妈问。

“当然！”比莉说，“我们在露营呢！”

“啊，不好！”杰克突然喊起来，“我刚才把手电筒落在帐篷里了。”

“我也是。”比莉有点着急，“那我们怎么回去呢？”

“别担心。”比莉的爸爸发话了，“我送你们回去。不过我可不想从围栏上的洞里钻过去。”

比莉的爸爸带着他们回到杰克家。这一次是从正门绕过去的。

3

比莉的爸爸帮他们两个人钻进睡袋，然后在每个人的额头吻了一个晚安吻。

“你们确定不害怕是吗？”比莉的爸爸问。

“当然不怕！”比莉大声说，“我们已经是大孩子了！”

“可就算大人也会有害怕的时候哦。”比莉的爸爸说。

“反正我们不怕！”杰克接过了话。

比莉的爸爸笑了笑，拉上帐篷的拉链走了。

比莉和杰克两个人躺在睡袋里睡不着。几缕微弱的光撒在帐篷上，而帐篷里一片漆黑，十分安静。

“几点了？”比莉问杰克。

杰克打开手电筒，看了看表说：“九点十五了。”

“啊……”比莉叹了口气，“离午夜还早着呢。”

现在，比莉有点不确定自己是不是喜欢在黑夜露营了。事实上，她觉得白天的时候要更好玩一些。不过现在她还尽可能安静地躺着——她可不想让杰克认为她是害怕了。

“不然我们现在就吃掉夜宵吧？”杰克提议。

“不行。”比莉再次拒绝了他，“现在吃就不是午夜大餐了！现在吃的话，就变成九点十五分大餐了！”

“你说得对！”杰克说着关掉了手电筒，可很快他又打开了它。

“我想还是开着比较好。”他说，“这样我们方便看时间。”

“好办法。”比莉嘴上这么说，心里却在想：杰克是不是有一点点怕黑呢？

躺在睡袋里的比莉和杰克不知不觉依偎在一起，听着夜晚的声音。

突然，杰克坐了起来。

“你听到了吗？”他慌张地问。

“听到什么？”比莉也有点紧张。她也坐了起来。然后她听到了一个奇怪的声音，像是一阵低沉的怒吼。

“那是什么声音？”杰克有些怕了。

“我也不知道啊！”比莉也有些害怕了。

而怒吼声越来越大，越来越大。

比莉和杰克听到帐篷外传来一阵扭打声。紧接着，一个巨大的影子闪过帐篷。

“有怪兽！”比莉和杰克同时尖叫起来，“爸爸！妈妈！”

4

这时，杰克的爸爸把头伸进了帐篷。

他笑着问：“怎么了，孩子们？”

比莉和杰克害怕得蜷缩在一起。

“我们看见了超级大的怪兽！”杰克颤抖着说。

“它还对着我们吼！”比莉补充道。

“这个世界上是没有怪兽的。”杰克的爸爸安慰他们，“也许只是一只负鼠。不过，孩子们，你们真的不想回家吗？”

杰克看着比莉，小声说：“我有

点害怕。”

“我也是！”比莉很高兴杰克和她一样，“可我真的很想很想在新帐篷里睡觉！”

“然后吃一顿午夜大餐！”杰克补充道。

比莉有些失望——尽管她很想睡在新帐篷里，但是外面实在太黑太恐怖了。

两个人你看看我，我看看你，都不知道到底怎么办才好。

就在这时，比莉有了一个主意，一个绝妙的主意！

猜猜她想到了什么？

比莉和杰克卷起睡袋，收拾好垃圾，拿上那一大袋棉花糖，在杰克爸爸的帮助下收好帐篷，然后穿过花园，向杰克家温暖的灯光处跑去。

十分钟后，比莉和杰克又回到了帐篷里。他们钻进睡袋，很快进入了甜美的梦乡。

你知道比莉和杰克现在在哪里露营吗？

就在杰克卧室的地板上！

天哪！那午夜大餐可怎么办啊？

没关系，午夜大餐可以改天再吃。也许要等到他们变成大孩子的时候吧。

特别的小助手

1

比莉·B·布朗戴着一顶太阳帽，抱着十四个夹板，手里还拿着一只水瓶。你知道“比莉·B·布朗”中的“B”代表着什么吗？

它代表着“Bossy”——霸道。

比莉·B·布朗有时候确实有一点点霸道，比如今天。今天，比莉和班上的同学们要去动物园远足。

你知道她为什么抱着这么多夹板吗？

是因为沃尔顿老师这次请了比

莉当她的特别小助手。

要知道，通常都是艾拉和特蕾西来当沃尔顿老师的小助手的，但今天老师选了比莉，所以她非常自豪。

公交车上，她被安排坐在沃尔顿老师的旁边。

“比莉，今天你要帮老师看好大家，不能让任何一个同学掉队。”沃尔顿老师说，“这个任务非常重要。”

“没问题。”比莉自信满满地说。

“后面的同学，静一静！”沃尔顿老师觉得车里有些吵，于是转身对车厢后排的男生们喊道。

比莉也转身往后看去。后排的男生们正在大声地说笑打闹着。杰克也在其中，比莉使劲向他挥了挥手。

杰克是比莉最好的朋友，他们从婴儿时就是最好的朋友了。

平时，比莉和杰克无论做什么都会坐在一起。不过今天比莉去当沃尔顿老师的特别小助手了，所以杰克只能在车厢后面和其他男生坐在一起。

山姆正在大声唱歌，而其他男生则哈哈大笑。

“比莉。”沃尔顿老师问，“你可不可以去后面告诉男生们小点声？”

比莉立刻起身向后排走了过去。

“你们这些男生实在太吵了！”她掐着腰说。

“谁说的？”问话的是山姆。

“对啊，谁说的？”本尼也跟着凑热闹，他是山姆最好的朋友。

“沃尔顿老师说的。她让我来告诉你们小声点。”

本尼看向杰克，山姆也看向杰克。

杰克只好耸耸肩说：“对不起，比

莉。我们会小声点的。”

“那就好！”比莉说完神气十足地回到了前排的座位。

“比莉，谢谢你。”沃尔顿老师微笑着说。

比莉高兴地笑了，她喜欢做老师的小助手。

2

动物园到了，同学们欢呼雀跃着下了车。沃尔顿老师让同学们站成两队，一队站在自己面前，一队站在比莉面前，由她和比莉一起为大家分发夹板。

“现在，请大家拿好自己的夹板。”沃尔顿老师叮嘱说，“今天的活动结束后还要交上来。”

“不要把夹板弄丢了。”比莉一边说着，一边把夹板发给本尼、山姆和杰克。

杰克皱皱眉说：“我不会弄丢的！”

“我只是提醒一下而已。”比莉说着沿队伍一路发了下去。

“好了，同学们一定要跟紧队伍。”沃尔顿老师说，“我不想有任何同学掉队。听明白了吗？”

“听明白了！”同学们齐声高喊。

他们都兴奋极了。在动物园待一天可比在学校待一天有意思多了！

“很好！”沃尔顿老师接着说，“首先，我们要去看爬行动物。请同学们把今天看到的动物分成两组：温血动物和冷血动物。好吗？”

本尼举起手提问：“什么是温血动物？冷血动物又是什么呢？”

沃尔顿老师叹了口气，说：“本尼，这些知识我们这学期都已

经学过了。”

“别担心，老师。”比莉站出来说，“我会帮助他的。”

听到这话，本尼皱了皱眉，说：“不用了。你已经在帮老师了，杰克会帮我的。”

“好啊！”杰克说着将手臂搭在了本尼的肩膀上。

“这很简单的，看……”

比莉看着本尼和杰克说说笑笑的，感到有些嫉妒，有些失落。以前，她才是杰克的拍档啊。不过就在这时，沃尔顿老师让比莉帮她分发铅笔，比莉才又感觉到了自己的重要性。

“比莉，我需要你走在队伍的最后面，保证没有人掉队。”沃尔顿老师吩咐道。

比莉的额头皱了起来，又有些沮丧。她不想走在队伍的最后面，她想走在中间，和杰克一起，或者在最前面跟着老师一起也行。

可今天老师请她做特别小助手，她只好点了点头。

“呃……好吧。”比莉勉强答应了。

“谢谢你。”沃尔顿老师再次叮嘱，“千万不能有同学走丢哦，动物园太大了！”

3

全班同学排成两队向爬行动物馆走去。

比莉走在两列队伍的最后，以确保没有人走丢。这可是一项非常重要的任务！

他们看了蜥蜴、乌龟和鳄鱼。比莉知道这些都是冷血动物，他们在课堂上学过，于是她在表上记了下来。

接下来，他们要去看猴子。比莉最喜欢猴子了，尤其是猴子宝宝。它们可太顽皮啦！比莉把“猴子”填在温血动物一栏。超简单！

比莉的目光从夹板上移开，正好看到了山姆、本尼和杰克对着猴子做鬼脸呢。比莉觉得他们看起来很好笑，就像三只猴子！她忍不住咯咯笑起来。

这时，沃尔顿老师也看见了他们。“快跟上！”她喊道，“你们得跟上队伍！”

比莉差点就忘了自己的重大任务：她必须保证没有人掉队！于是她神气十足地向男生们走去。

“说你们哪！快一点！”她催促道，“快跟上！大家都等着呢！”

“比莉，你今天可真霸道！”杰克冷冷地说。

比莉看看杰克。他的鬼脸不见了，甚至连笑脸都没了。

他看上去非常生气。他确实在生比莉的气！

比莉感觉难过极了。她不想杰克生她的气，因为杰克是她最好的朋友。

可是她也不希望沃尔顿老师生她的气啊。她今天是老师的特别小助手，她不能让老师失望。

比莉皱皱眉说："我没有霸道。我只是必须保证没有人走丢！"

男生们终于跟上了队伍。比莉依旧一个人走在队伍的最后面。她想：如果杰克生我的气，那么我也生他的气！就这么办！

同学们离开了猴子园，顺着小路向他们的下一站行进。他们陆续看了狮子、老虎和长颈鹿。然后，又穿过了潮湿的蝴蝶屋。

比莉在纸上记下了所有动物的分类。她知道所有动物都属于哪一类。

4

很快同学们来到了海洋生物馆，他们一起走进了一条昏暗的水下隧道。

比莉站在玻璃前认真地观察海豚。

它们时而潜水，时而迂回前进，时而引吭高歌，比莉觉得海豚美妙极了。

一只海豚宝宝游在妈妈的身边，它的脑袋上下摇晃着。比莉向它挥了挥手，海豚宝宝张开嘴，露出一个大大的笑容。

唔……比莉在想：海豚是冷血动物还是温血动物呢？

可比莉想不起来了。海豚宝宝到底是不是从蛋里生出来的？她有点不确定。

比莉有主意了，她决定去问问杰克。

在课堂上，每一次她被问题难住，杰克都会帮她。如果杰克遇到了问题，她也会帮助杰克。这就是最好的朋友之间会做的事——互相帮助。

比莉看了看四周，想寻找杰克的身影，可到处都看不到他。事实上，整个班的同学都不见了！比莉掉队了！

比莉飞快地跑出隧道。她看向左边，没有人！她看向右边，也没有人！比莉走丢了！她急得快要哭出来了。

突然，从转角闪出一张脸。这张脸上挂着一个有趣的笑容。猜猜谁来了？

没错！就是杰克！他回来找比莉了。比莉高兴极了。

“快跟上，比莉。”杰克开玩笑道，“大家都在等你呢！”

比莉的小脸“唰”的一下红了。“对不起，我之前不该那么霸道的。”她说，“谢谢你回来找我。”

“没关系。”杰克拉住比莉的手，说，“我知道你只是想给沃尔顿老师帮忙。”

“我这么担心其他人走丢，结果最后走丢的却是我自己！”比莉委屈地说。

“幸好我注意到你不见了。”杰克说。

有这样一个好朋友，比莉感到十分幸福。就在这时，她有了一个好主意：“杰克，你和我一起走在最后面好吗？”

“没问题。”杰克笑了笑。但突然他又皱起了眉，喊道：“啊，不！”

“怎么了？”比莉问，她担心杰克会改变主意，他是不是不愿意再和她一起走了？

“你的夹板哪儿去了？”杰克问。

“啊！我一定是把它落在海豚那里了！”比莉倒吸一口气，“我这个小助手真的是糟糕透了，对不对？我觉得我自己也需要一个专属的特别小助手！”

杰克笑着说：“快点儿，我们去拿你的夹板，要不然到最后我们两个人都得走丢了！”

“你今天也很霸道哦，杰克。”比莉笑着说。

他们两个人一同跑回隧道，找到了夹板，然后飞快地跑呀跑，终于跟上了队伍。

而且你知道吗，他们跑得超级快，快到没有人发现他们刚刚掉队啦！

美丽
新发型

1

比莉·B·布朗夹着三只长发娃娃，握着一盒闪亮的发卡，还拿着一把粉色的梳子。你知道“比莉·B·布朗”中的“B”代表什么吗？

它代表着“Beautiful”——美丽。

今天的比莉·B·布朗要扮演理发师，她认为理发师能让人们变得更美丽。

杰克是比莉最好的朋友，也是她的邻居。他们俩每天都在一起玩儿。

如果杰克想搭小屋，比莉会和他一起搭；

如果比莉想踢足球，杰克也会和她一起踢。

可是今天，杰克却不想和比莉一起玩儿了……

“你为什么不愿意让我给你理发？”比莉问，“我可以让你变美。”

“谢谢，不过还是不用了。”杰克皱着眉拒绝道。

“为什么？”比莉追问道，“我可是一个非常棒的理发师！我能让任何人变美。不管是长头发还是短头发，男生还是女生。”

杰克一下子连脸都皱了起来，摇头道：“比莉，可我不想变美，我想变帅！我们玩儿点别的好不好？”

“不好，我想扮理发师！”比莉生气地说，“如果你不想陪我玩儿的话，那么就回家好了！”

杰克瞪着比莉的眼睛，比莉也瞪着杰克的眼睛。然后，杰克站了起来，离开了比莉的房间。比莉从房间的窗户中看到杰克走出屋子后进了花园。

在杰克和比莉家的花园中间有一道围栏，围栏上有一个小洞。杰克钻过小洞，头也不回地跑回了家。

比莉生气极了。她什么都和杰克一起玩儿！这一次轮到她选游戏，她想要扮演理发师，可杰克居然不让她给自己理发！

比莉知道杰克很快就会回来。因为他们偶尔也会生彼此的气，但从来都不会太久。

不管怎么样，比莉想，现在可没时间想杰克的事了，我现在是位理发师，有好多顾客等着我理发呢！

2

比莉看着自己的玩具娃娃，她们都留着一头长发。

“哼！我完全用不着杰克来陪我玩儿。”她对娃娃们说，“我还有你们呢。好了，谁想先来？”

比莉挑了一只娃娃，说：“克莱迪娅！看看你的头发都乱成什么样子了！别担心，我会给你梳好的。”

克莱迪娅刚来到比莉身边的时候有一头漂亮的长发。可它们现在看上去就像是黄色的灌木丛，乱糟糟的。长头发是很难打理的，必须常常梳理——这可不是什么很好玩的事情。

比莉在克莱迪娅的头发上别了几枚漂亮的发卡。

“嗯，这样就好多了。”比莉自言自语。克莱迪娅现在看上去很美了。

接下来轮到智子了。智子有一头黑发，和比莉的一模一样。她的头发原本光滑发亮，可后来有一天，比莉不小心把一些胶水掉在了她的头发上，结果现在只剩一边光滑，而另一边已经打结了。

不用担心。比莉是一位非常出色的理发师，她能让任何头发重新焕发光彩。她在智子的头发上也别了一枚闪闪发亮的发卡。看，这样就好多了！

比莉的最后一个娃娃名叫芭芭拉，不过现在大家都叫它臭烘烘。臭烘烘原来有一头姜黄色的波浪长发，可现在头发都有点发绿了。

这是因为比莉曾经把臭烘烘丢在了花园的草丛里，一扔就是整整三个星期。

臭烘烘仍然十分美丽，但现在有些发霉，而且还有一点点“臭烘烘”。

别着闪亮发卡的臭烘烘看上去也很漂亮，对不对?

这些玩具娃娃是最好的顾客——她们从不乱动，也从不说话。

她们可比杰克强多了。比莉心想。

但很快，比莉开始感到无聊了。她是一位非常优秀的理发师，可是真正的理发师不只是会在头发上别发卡，也不只是会把头发梳得顺溜光滑。

真正的理发师要会剪头发！

比莉在她的铅笔盒里寻找她那把紫色的小剪刀。她的剪刀剪起纸来非常好用，希望它剪起头发来也一样好用。

比莉把克莱迪娅放在提前准备好的理发座椅上。

她试着去剪一点克莱迪娅最下面的头发，但没有剪断。

她试了试剪智子的头发，又试了试剪臭烘烘的头发，可都没有成功。

比莉的塑料剪刀很适合剪纸，但剪起头发来却一点都不给力。

比莉皱了皱眉：如果不能剪头发，还怎么当理发师呢？

就在这时，比莉有了一个主意。

3

比莉溜进了卫生间。她拉开抽屉，看见一把闪闪发亮的剪刀。

妈妈说过，比莉不许碰厨房里的剪刀。

但卫生间里的剪刀不一样，比莉觉得这只是一把小剪刀，刚好可以用来给娃娃们剪头发。

比莉心想，我也许可以试试这把。

于是，她拿起了剪刀——她希望这把剪刀比她那把紫色的塑料剪刀好用一些，毕竟它看上去非常锋利。

比莉决定先试试看。她揪住自己两条小辫子中的一条，用剪刀轻轻一剪……

它的确很好用！比莉的半截小辫子一下子掉进了洗手池。它躺在那里的样子就像一只毛茸茸的小老鼠。

天啊！

比莉看着镜子里的自己——现在她只剩一条辫子了。

剪了头发的比莉看起来一点儿也不美。事实上，她看起来简直蠢极了！她不能只扎着一条小辫子出门，大家都会嘲笑她的！所以比莉只能狠心把另一条小辫子也剪掉了。起码，现在两边看上去差不多是一样的了。

两条小辫子静静地躺在洗手池里。

比莉很吃惊，原来剪掉它们是这么简单的一件事。她真希望能把它们再粘回去。比莉很喜欢她的两条小辫子，可现在她一条也没有了。

比莉看着镜子里的自己，眼泪忍不住哗啦哗啦地流下来。她真希望自己没有发现这把锋利的可怕的剪刀！她真希望她的两条小辫子能长回去！

她盯着自己可笑的发型，努力停止了流泪。

就在这时，比莉在镜子里看到了一个人。是杰克！

“比莉！瞧你干了什么好事？”杰克大惊道，他的眼睛瞪得像网球那么大，“你怎么把自己的辫子剪了！”

比莉慌乱地用手遮住头发。“千万别告诉我妈妈！”她向杰克请求，“不然麻烦就大了！”

“可是你接下来怎么办呢？”杰克担心地问，“你总不能永远把头发藏起来吧！”

“我会一直戴帽子！”比莉说，“直到头发长回来为止。”

“别傻了。”杰克说，“你必须告诉妈妈。她会知道该怎么办的。”

比莉沮丧地耷拉着脑袋。她知道杰克说得对，但她还是既紧张又害怕。幸好有杰克在她身边，她才稍稍放下心来。他们一起走进客厅去找比莉的妈妈。

4

比莉的妈妈正坐在桌前看报纸。她一抬头，看见比莉和杰克走进了房间。

“啊！比莉！”她惊讶得倒抽一口凉气，“你这是怎么了？”

比莉一下子噘起了嘴巴，用手捂着眼睛伤心地哭了起来。

“我在扮演理发师。”她抽泣着说。

比莉的妈妈站了起来，一把把她拉进怀里。“我的傻女儿。”她叹息着，温柔地揉了揉比莉可笑的头发。

“你不生气吗，妈妈？”比莉小心地问。

她眼泪汪汪地望着妈妈。

“嗯，有那么一点点。”比莉的妈妈皱着眉头说，“你知道你不能玩剪刀的！”

“我知道。”比莉难过地说，“对

不起。”

不过，就在这时，比莉的妈妈突然露出了一个调皮的笑容。“你知道吗？”她说，“当我还是个跟你差不多大的小女孩的时候，我也做过同样的事情。”

说完，她紧紧地抱住了比莉。

“真的吗？”比莉惊讶地问，“你也把自己的小辫子剪掉了？”

“是啊。不过我那时候看起来可比你现在的样子糟糕多了。”比莉的妈妈笑着说，“我的头发翘得乱七八糟！而你还剩下很多头发。不过，现在我得带你去见真正的理发师了。”

“我想念我的小辫子。”比莉叹气道。

“别担心。”妈妈安慰她说，“格兰达会给你做一个很棒的新发型。她能让所有人变美！”

“那她会做帅帅的发型吗？”杰克问。

“当然会了。”比莉的妈妈说。

“太好了！”杰克说，“我也想做一个，不过我得问问我妈妈。”

“那我们现在就出发吧。”比莉的妈妈说。

比莉抱了抱妈妈。杰克是对的，她心想，妈妈果然有办法。

完美的礼物

1

比莉·B·布朗抱着一个搅拌碗，拎着一包葡萄干，手里还拿着一把黏糊糊的勺子。你知道“比莉·B·布朗”中的“B”代表什么吗？

它代表着“Bursting”——爆炸！

今天的比莉·B·布朗兴奋到要爆炸！猜猜她为什么这么兴奋？

因为明天就是圣诞节啦！

比莉和杰克正在做圣诞姜饼。杰克是比莉最好的朋友，也是她的邻居。

杰克今天过来帮比莉和她的爸爸一起做姜饼。

这些姜饼大小和形状各不相同，它们将会成为圣诞礼物——前提是，如果比莉和杰克不再偷吃的话。

比莉和杰克兴奋极了，以至看起来都有些傻傻的。

“这个是给外婆的，这个是我的！”比莉说完就往嘴里扔了块饼干。

杰克笑着说：“这个是给皮特叔叔的，这个是给……”

“孩子们！”比莉的爸爸发话了，“你们是在撒糖霜还是在偷吃呢？”他从烤箱里拿出另一托盘饼干。

“一边撒糖霜一边偷吃！”比莉咯咯笑着回答。

比莉的妈妈提着两大袋东西走进了厨房。

“好了，孩子们。”她说，“爸爸和我还有事情要做。你们可以出去玩儿了。”

“是礼物！”比莉小声对杰克说。杰克正在舔掉在手臂上的糖霜。

杰克咧嘴一笑。比莉拉住他的手从后门跑了出去。

“我已经知道我的圣诞礼物是什么了！”等他们跑到外面，比莉自信满满地对杰克说。

“真的吗？是什么？”杰克问。

“我带你去看。”比莉说完狡猾地笑了。

猜猜看，接下来她会做什么？

2

杰克跟着比莉向花园的后面走去。

在花园里的鸡窝旁有一个小小的储物棚。

鸡窝里的鸡一看见比莉和杰克立即大声地咯咯叫了起来。

“嘘！”比莉说，“爸爸妈妈会听到的！”比莉轻轻推开嘎吱作响的门。

“爸爸妈妈让你到这里来吗？”杰克问。他看上去有些担心。

“这个嘛，其实不让。”比莉说，“不过别担心，他们不会知道的。”

储物棚里漆黑一片，到处都是灰尘和蜘蛛网。但角落里似乎有什么明亮的东西在发光。

是一辆崭新的自行车！

“天哪！”杰克惊呼，“超酷的自行车！”

“那当然！”比莉自豪地说，“我已经等不及了！”

杰克的脑袋突然又耷拉了下来。

“我一直想要一辆新自行车。”他十分羡慕地说，“你真幸运。每次我问爸爸妈妈要，他们都说有那辆旧自行车就够了。”

比莉也为杰克感到难过。他从四岁开始就一直骑着那辆旧自行车；现在他长大了，需要一辆更大点的自行车了。

“要不然，我的旧自行车借你骑吧？”比莉说，“或者，干脆我把我的旧自行车送给你！毕竟我的那辆比你的大一些。”

杰克听了这话却很生气：“我才不想要你的旧自行车。我也想要一辆新的！这不公平！”

“可……这又不是我的错！”比莉喃喃地说。

“哼，你就不应该偷看的。”杰克抱怨道，“这是作弊！”

“我敢打赌你肯定也偷看过！”比莉有点生气了。

“没有！我从来不偷看！从来没有！”杰克反驳道。

比莉和杰克两个人你瞪着我我瞪着你，谁也不肯让谁。

他们两个人都很生气。

“我要回家了！”杰克愤愤地说。

“哼，我也回家！”比莉愤愤地说。

他们两个飞快地跑出了储物棚。

杰克从围栏的洞里钻回自家的花园。

比莉则向房子的后门跑去。

比莉生气极了，生气到忘记了一件非常非常重要的事情。你能猜到她忘记什么了吗？

没错！她忘记关储物棚的门了！

啊！糟糕！

3

吃过晚饭，比莉帮爸爸把姜饼用漂亮的包装纸包好，又为这些礼包做了卡片。

比莉在杰克的那份礼物里多放了一块姜饼。和杰克生气，比莉心里也不好受，她也为杰克感到难过，因为她有一辆新自行车而杰克没有。

不过，想到她美丽的新自行车，比莉又变得兴奋起来。她一下蹦得老高，跳起一支小小的舞蹈，还唱起了一首现编的歌：“圣诞到，圣诞到，圣诞圣诞快快到。”

比莉兴奋得快要爆炸了！

比莉的爸爸笑着说：“是啊，睡一觉就是圣诞节了。”

就在这时，比莉的妈妈从后门进来了，她的表情有些奇怪。

“比莉，你没去过储物棚吧？”妈妈问道。

“啊，没有！”比莉小声地说，“当然没有。”

“嗯……”比莉的爸爸看着妈妈，皱了皱眉。

“最好没有。”比莉的妈妈说，“因为杰克的圣诞礼物就藏在那里，如果他在明天之前见到就不好了。”

“杰……杰克的礼物？”比莉有点不相信自己的耳朵。

“是啊。”爸爸说，“你们下午最好不要到处乱跑了。一旦杰克提前发现，没有了惊喜就不好了，对不对？”

比莉现在感到很失落，她简直不敢相信——那辆美丽的新自行车竟然不是给她的，而是杰克的礼物！她肚子里的快乐小泡泡“啪”的一声，碎了。

“比莉，该睡觉了。”妈妈说，“我们马上就来跟你说晚安。”

比莉快步跑上楼去。她刷了牙，换上睡衣，爬进被窝等着爸爸妈妈的到来。同时，她也很努力地忍着快要掉下来的眼泪。

说不定我也会有辆新自行车做礼物呢！她心想。也许爸爸妈妈把我的车藏在别的地方了。他们知道我一直都想要一辆新自行车。我已经要过好多次了！

比莉的爸爸妈妈来

了，他们亲亲她的脸，跟她道晚安。

“是不是很期待明天的到来？”比莉的爸爸问。

比莉点了点头，但事实上，她开始有些说不出的担心了。

4

圣诞节那天，比莉是全家最早醒来的。她冲进爸爸妈妈的卧室，在他们的床上蹦来蹦去。

“爸爸！妈妈！”比莉大喊，“圣诞节到了！快起床了！”她唱起了自己的欢乐圣诞歌。

然后比莉又急匆匆跑下楼。看着那些圣诞树下的礼物，比莉兴奋地尖叫起来。

突然间，她想起来了。

她绕着圣诞树转了一圈。

很多礼物上都写着她的名字——她有一个长长的礼物，一个方方的礼物，甚至还有一个表面凹凸不平的圆圆的礼物，可就是

没有自行车形状的礼物。

没有一个礼物有自行车那么大。她不禁叹了口气。

比莉打开了所有的礼物盒。她收到了好多可爱的新礼物：有书本、颜料，还有一条新裙子。她高兴地直接把这条新裙子穿上了。

但是，就是没有自行车。

“谢谢你，妈妈。谢谢你，爸爸。”比莉小声地说。她分别给了爸爸妈妈一个轻轻的拥抱。

“等等！”比莉的爸爸提醒道，“你还有一个礼物没拆呢，快看看吧！”

比莉看见有一个写着自己名字的小小的礼物盒藏在一些皱巴巴的纸下面。

比莉拿起来，打开了它。里面是一张小小

的卡片，上面写着：

看看后门旁边的
花坛里有什么

后门旁边的花坛？好奇怪的便条！

比莉走到花坛旁，看了看里面，发现了另一张便条，上面写着：

看看苹果树下
有什么

比莉笑了起来。这真是一个奇怪的礼物！

比莉跑到了苹果树下。在那里，她发现了一个圆形的盒子，用圣诞彩带包裹着。

比莉打开盒子——里面是一顶自行车头盔！

比莉有点不明所以。她把头盔从盒子里提起来，这时，另一张便条出现了！

看看杰克家花园后面的储物棚里有什么

比莉的心开始怦怦跳个不停。她感觉到一个大大的笑容正在自己的脸上绽放。爸爸冲她眨眼，妈妈也对她微笑。

比莉飞快地跑到围栏的小洞前，从里面钻了过去，来到了杰克家的花园。

就在这时，杰克也从他家后门冲了出来。

他戴着一顶新的自行车头盔，手里也抓着一张便条。

“比莉，你知道吗？”杰克开心地大声说，“我的礼物在你家的储物棚里！”

比莉从嘴里吐出了一个大大的欢乐泡泡！她穿过杰克家的花园，蹦蹦跳跳地向小小的储物棚跑去。

比莉打开储物棚的门……

你知道那里面有什么，对吧？

是一辆崭新的自行车！它的最前面还挂着一个写着字母“B”的篮子。

这就是那份完美的礼物。

小秘密

1

比莉·B·布朗穿着一件泳衣，兜着七个贝壳，挎着一个桶，里面还放着一把小铁锹。

你知道“比莉·B·布朗”中的“B”代表着什么吗？

它代表着“Beach”——沙滩！

现在正值暑假，比莉·B·布朗正在沙滩度假呢。

今天，比莉打算做一个沙子城堡。她要做一个世界上最大、最漂亮的沙子城堡。

比莉的妈妈正在沙滩伞下读书，而爸爸正在看报纸。

有时候他们看着看着就会睡着了。

你能想象吗？他们真是太无聊了！

比莉涂了些防晒霜，坐在阳光下开始建她的沙子城堡了。不远处还有一个家庭，有两个女孩也在建沙子城堡。

她们的城堡又大又好看。

比莉心里有一丢丢嫉妒。她真希望她最好的朋友杰克现在能在她身边帮忙。

“该吃午饭了！”比莉的妈妈喊她。真及时！比莉的肚子正饿得咕噜咕噜叫，就像老虎的低吼一样。

比莉费力地走到了阳伞的阴影里，坐了下来。妈妈递给她一个三明治。尽管比莉已经擦过手了，但她的香蕉三明治吃起来还是沙沙的。

比莉的爸爸问：“还想在你的‘沙明治’里再加点沙子吗？”

每次他们在沙滩上吃午饭时，他都会这么说，可比莉还是被逗笑了。

比莉的目光停留在正在建城堡的两个女孩身上，其中一个看起来和她差不多大。

她有一头姜黄色的头发，脸上也有小小的雀斑，穿着一条带粉色圆点的泳衣。比莉真希望自己的泳衣也这么好看。

“为什么不过去问问她们，能不能和你一起玩儿呢？”比莉的妈妈鼓励她道。

比莉害羞地摇了摇头。

虽然她很想和她们一起玩儿，可她不敢走过去问她们。

比莉心想：万一她们不想和我一起玩儿怎么办？万一她们笑话我，还说难听的话怎么办？

还是不要了，比莉暗暗决定。还是自己一个人玩儿安心多了。

2

比莉吃完她的三明治又一个人回到了沙子城堡旁。她决定挖一条护城河，于是挖呀，挖呀。

当！挖着挖着，她的铁锹突然碰到了硬邦邦的东西。比莉把手伸进洞里，摸到了一个滑溜溜的东西。

比莉又继续往下挖，终于挖出一个小小的瓶子——和她的手一样小，像大海一样蓝绿蓝绿的。

比莉拿起瓶子，对着阳光看。可玻璃的颜色太深，根本看不到里面有什么东西。

正巧这时一个捡贝壳的女生经过这里，一眼看见了比莉手中的瓶子。

“哇！”她问，“里面是什么？”

比莉耸耸肩，说道："我也不知道。"

"好漂亮呀。"小女生说着伸出沾满沙子的手摸了摸瓶子。

"我叫比莉。"

"我叫夏洛特。"小女生说，"那是我姐姐，叫哈里特。"她指向那个穿着好看泳衣的女孩。

哈里特，比莉心想，真是个好听的名字。

就在这时，她想到了一个好主意，一个绝妙的主意。

"其实，这个瓶子里藏着一个秘密。"比莉对夏洛特故作神秘地说，"可能来自海盗。"

"哇！"夏洛特吃惊地瞪大了眼睛，"我得去告诉哈里特！她最喜欢海盗了！"

比莉看着夏洛特沿着沙滩向哈里特所在的地方跑去了。

3

那天下午，比莉和爸爸妈妈去商店买冰激凌。她最喜欢撒满糖霜的香蕉巧克力冰激凌。

比莉必须飞快地把冰激凌吃完，否则它就会化掉。事实上，它已经开始融化了，融化的冰激凌吧嗒吧嗒地掉在比莉的脚趾上。

比莉一边低头吃冰激凌，一边往沙滩走。

她猛地一抬头，看见一个女生正站在她的面前。

是哈里特，比莉的心像蝴蝶一

样飞了起来。

“我妹妹说你找到了藏着秘密的小瓶子。”哈里特说，“我能看看吗？”

比莉从口袋里掏出瓶子递给她。

哈里特仔细地打量着深色的玻璃瓶。“我看不出来里面有什么小秘密。”她皱了皱眉说。

“它一定是很小的秘密。”比莉说，“这样瓶子才装得下。”

“嗯。”哈里特说，“你觉得会是谁写的？”

比莉耸耸肩，有些迟疑地说：“也许是个海盗。”

“或者是个公主。”哈里特说，“被海盗抓走的公主。”

“或者是想要救公主的

王子！”比莉兴奋地接下去，“可他的船沉了，现在他正被困在一个干旱的岛上！”

“没准就是这样！”哈里特说，“对了，你要不要过来和我们一起建沙子城堡？”

比莉回头看了看她的爸爸妈妈。

“去吧！”比莉的爸爸点头同意。

“嗯，不过先让我给你涂点防晒霜。”比莉的妈妈说。

比莉扭动着身体让妈妈给她擦防晒霜，然后就跟着哈里特来到了那个又大又漂亮的沙子城堡。夏洛特正在那里等着她们。

比莉的手里抓着那个小小的瓶子。瓶子里藏的到底是什么呢？女孩们都在猜测。比莉心想，能找到这样有魔力的东西，可真奇妙呀！

就在这时，比莉又有了一个好主意。她小心翼翼地把这个小小的瓶子放在了沙子城堡的最高处。现在，她们的城堡是整个沙滩上最大、最美丽的城堡了！

夏洛特兴奋地跳来跳去，哈里特高兴地做起了倒立动作。比莉也想来一个倒立，可她不太习惯在柔软的沙子上倒立。只见她摇啊摇，晃啊晃，就在这时……啪！比莉摔倒了，而且正好倒在又大又漂亮的沙子城堡上。

哈里特和夏洛特两个人吃惊得说不出话来。

比莉迅速爬起来，但还是太晚了，沙子城堡已经塌了。

比莉盯着被自己毁掉的城堡，正中间是她的绿瓶子。它几乎碎成了两半。女生们跪在沙滩上，弯下腰仔细地观察着。然而她们很快发现，瓶子里面其实什么也没有。

比莉用手捂住了脸，但大大的泪珠还是挡不住

地从她的脸颊上滚下来。她抓起破碎的瓶子，跌跌撞撞地跑回爸爸妈妈的身边。

4

再也没有比这更糟糕的一天了。比莉想。

她建了一个沙子城堡，又毁掉了一个沙子城堡。

她找到了一个小瓶子，又摔碎了一个小瓶子。

最糟糕的是，她好不容易交到了新朋友，可这份友谊还被自己的愚蠢破坏了——这一点她确信无疑。

哈里特发现了瓶子里没有任何小秘密，比莉只是在编故事。哈里特不会再和比莉做朋友了！

比莉坐在沙滩伞下的毯子上，伤心地哭了起来。

“为什么不去向她们道歉呢？”比莉的妈妈建议道。

比莉摇了摇头。她太害怕了，实在没有勇气过去和她们说话，尤其是在她闯了这么大的祸之后。

比莉·B·布朗擅长很多事情：她擅长爬攀吊架，也擅长搭小木屋；她擅长踢足球，也擅长做午夜大餐。不过，比莉·B·布朗最擅长的还是想出一些好主意。

比莉抹了抹眼泪。她看着手心里那个小小的破碎的瓶子，有了一个好主意。这是她今天一整天想出的主意里最棒的一个！

猜猜比莉正在想什么？

比莉撕下爸爸的报纸的一角，拿起铅笔写了一行小小的字。

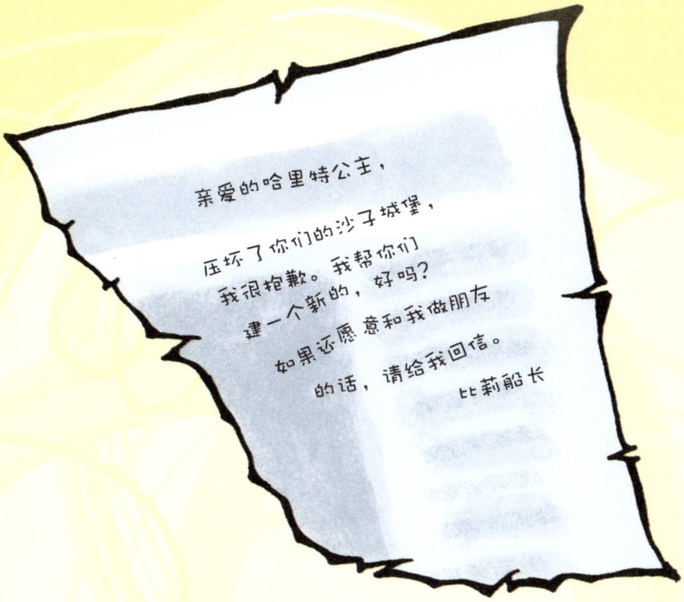

比莉把纸条卷得紧紧的，小心翼翼地放进破碎的半只瓶子里，再把另一半瓶子扣在上面，然后用胶带把两部分缠起来。这样一来，小纸条就被完美地封存在瓶子里了。

等到哈里特和夏洛特去游泳的时候，比莉跑过去把瓶子悄悄放在哈里特的毯子上，然后跑了回来。

先回来的是哈里特。比莉看见她拿起了毯子，那个绿色的小瓶子掉在了沙滩上，哈里特把它捡了起来。

比莉屏住呼吸，移开了视线。她甚至都不敢往下看。

很快，夏洛特向比莉跑了过来，手中拿着那个小瓶子。比莉打开瓶子，她的心跳快极了。

可是……啊！瓶子是空的！比莉失望极了，无力地垂下头。看来，哈里特再也不想和她做朋友了！

“啊！”夏洛特说，“我差点忘记了。哈里特公主说她很愿意成为你的朋友。她还说，很抱歉没有写纸条给你，因为她没有纸和笔。”

比莉听完抬起头开心地笑了。

今天并不是最糟糕的一天，恰恰相反，今天是最棒的一天！比莉在最棒的沙滩上沐浴着最最棒的阳光，而且，最最最棒的是，她交了两个新朋友！

大姐姐

1

比莉·B·布朗拎着四条婴儿连体裤、三条小裙子，脚下放着一只大大的泰迪熊。你知道“比莉·B·布朗”中的“B”代表什么吗？

它代表着“Baby”——小宝宝。

比莉的妈妈要生小宝宝啦！比莉就要成为大姐姐啦！

这些小衣服以前都是比莉的。它们看起来是不是很小？小宝宝穿上一定刚刚好！

就要成为大姐姐这件事让比莉兴奋极了。

她要把她最喜欢的泰迪熊——佛瑞德先生，送给小宝宝。她真是个不错的大姐姐。

要知道，在比莉还是小婴儿的时候，这位佛瑞德先生就陪伴着她，一直到现在。

但现在小宝宝就要来了，比莉觉得他会比自己更需要他。

今天，比莉正在和她最好的朋友杰克玩过家家的游戏。

杰克是比莉的邻居，他们俩从很小的时候就是好朋友了。他们什么都在一起玩儿。

现在他俩坐在他们搭建的小木屋里，比莉正努力把佛瑞德先生塞进一条粉色的裙子里。

穿上裙子的他看上去非常好笑。比莉和杰克不禁咯咯笑了起来。

今天，轮到杰克留下照看宝宝，比莉去上班。

“你回来了真是太好了！”比莉回来之后，杰克说，“佛瑞德先生哭了整整一天！”

比莉笑着接过佛瑞德先生，说道：“我不想再玩过家家了，咱们去踢足球吧。”

他们跑进花园开始踢球。比莉把佛瑞德先生放在草地上，让他观看他们的比赛。

啊，不好！看看天上那些灰色的云朵！

果然，雨很快落了下来。

比莉和杰克跑进屋去，但他们忘记了一个人，那就是可怜的佛瑞德先生！他现在一定浑身湿漉漉的了。

2

那一晚，比莉的妈妈给她读睡前故事，哄她入睡。

这是一本关于大象妈妈和她的宝宝的故事书，是比莉最喜欢的一本书。

突然，比莉的妈妈停了下来，她脸上的表情变得很奇怪。

“啊！”她说，“我觉得宝宝要出来了！”

她忙喊比莉的爸爸。

比莉从床上跳下来，扶着妈妈小心地下楼。爸爸正在屋子里忙来忙去，收拾去医院需要的所有东西。

就在这时，比莉的心里感觉怪怪的。“我能和你们一起去吗？”她问妈妈。

“不行，宝贝。”爸爸说，“记得吗，我们说好的，你得在杰克家住几天，直到爸爸妈妈带着小宝宝回家。”

“你们要在医院待多久呢？”比莉担心地问。

“比莉，这我也不知道。”她的妈妈说。

她紧紧地握住比莉的小手，接着说道：“不过想想看，等下次见到妈妈的时候，你就会有一个小弟弟或者小妹妹了！”

但比莉这个时候不想要什么傻乎乎的小宝宝了，她想要妈妈！她噘起了嘴，努力忍着眼泪。

“比莉，别怕。”爸爸温柔地安慰她。

杰克的妈妈过来接比莉了，他们一起目送着比莉爸爸妈妈的车离开。

妈妈在车里给了比莉一个飞吻，但她头都没有抬，只是盯着地面发呆。她不想一个人留下。

杰克的妈妈给了她一个大大的拥

抱，说：“我在杰克的房间给你准备了一张床。”说完她们一起向杰克家走去。

杰克已经睡着了，他的妈妈让比莉在新床上躺下，哄她入睡。杰克的房间在黑暗中看上去有些不一样。比莉真希望能躺在自己的床上。

突然，她坐了起来。

“佛瑞德先生！”她轻声说，“我想要我的佛瑞德先生！”

“噢，宝贝。我们明天再去拿。”杰克的妈妈说，“今晚先抱着杰克的玩具熊睡，好吗？”

杰克的妈妈给比莉找来一只大大的蓝色泰迪熊。它非常柔软，抱起来也舒服极了，可是长得一点也不像佛瑞德先生。

比莉躺在黑暗里睡不着，不安的情绪在她肚子里滚来滚去。她怎么也想不起来佛瑞德先生现在在哪里！

不过你一定还记得他在哪里，对吗？

3

第二天，比莉和杰克一家一起吃早餐，不过她没有什么胃口。

就在这时，有人敲门。是比莉的爸爸！

“比莉！”他兴奋地说，“你知道吗？妈妈给你生了个小弟弟！”

“小弟弟？”比莉听到这个消息皱了皱眉，“可我想要个小妹妹！不然的话，我那些小裙子就没人穿了！”

“噢，我的好孩子。”爸爸给了比莉一个紧紧的拥抱，说，“你应该去看看他。他长得很漂亮。我相信他穿上那些漂亮的粉色小裙子也一定很可爱。”

比莉开心地笑了，问：“妈妈在哪里？她现在回家了吗？”

“还没有。”爸爸说，“妈妈需要休息，她还得在医院多待几天。但我们可以一起去看她。”

“还要好几天？”比莉生气地说，“我要妈妈现在就回来！”她急得直跺脚。

比莉的爸爸无奈地叹了口气。他向杰克的父母表示感谢后，带着比莉一起回到家，给她换好了衣服，准备带着她去医院。

比莉此刻的心情十分复杂。虽然马上就要见到小弟弟这件事让她很兴奋，但她还是更希望要个小妹妹。她甚至有一点点生气。

马上就能见到妈妈了，比莉非常激动。可直到现在妈妈还不能回家，这件事情也让比莉生气。这些情绪在她的肚子里像奶昔一样咕嘟咕嘟冒着泡。

接着，她想起来了。

“佛瑞德先生！”她说，“我得找到佛瑞德先生，然后把他送给小宝宝！”

“好的。”爸爸说，“不过得快一些，妈妈在等我们呢。”

比莉开始四处寻找佛瑞德先生。她看了看床下，没有；她又翻了翻玩具盒，还是没有。

她找了所有佛瑞德先生可能待的地方，可到处都没有他的身影。

“我们该走了。”爸爸催促着，“下次再送小宝宝礼物，好吗？”

“不行！”比莉坚持道，“我一定要找到佛瑞德先生！”她急得又跺起脚来。

“比莉！”爸爸有些生气了，他看上去非常疲倦，“听爸爸的话，你现在已经是个大姐姐了。”

“可是我不想当大姐姐！”比莉哭着说，“我也想当个小宝宝！”

比莉的爸爸弯下腰来，紧紧抱住了她。

“别哭了，比莉。”爸爸温柔地说，“你永远是我的宝贝女儿。我们去找妈妈，好不好？等我们到家了，再好好找找佛瑞德先生。”

比莉紧紧地抱着爸爸，终于不哭了。

4

比莉和爸爸来到了医院。妈妈正坐在床上休息。她伸出手，比莉一下蹦上床抱住了她。

妈妈指向床边的塑料婴儿床。“看！他就是你的小弟弟。”她说，“他的名字叫诺亚。是不是很可爱？”

比莉看向婴儿床——诺亚浑身上下被包裹得严严实实，就像一条白色毛毛虫。他的脸不仅红嘟嘟，还皱巴巴的。比莉觉得他看上去一点也不可爱。

“想不想抱抱他？”妈妈问。

“这个嘛……”比莉犹豫着回到了妈妈的怀抱，“还是再等等吧。”

妈妈让比莉帮她换掉电视上的频道，然后比莉告诉妈妈，她找不到可怜的佛瑞德先生了。

很快，探视时间结束了。比莉吻别了妈妈，也给了诺亚一个轻轻的吻。他闻起来香喷喷的，就像刚出锅的薄煎饼一样！

“小宝宝，再见。”比莉轻柔地说。

就在这时，诺亚睁开了眼睛。他看着比莉，一个小小的笑容爬上了他的小脸蛋，然后他又闭上了眼睛。

“他对我笑了！”比莉惊讶极了。

“哇！比莉！他还从来没有对别人笑过。你是第一个！”妈妈兴奋地说。

“那是因为他知道，你是他的大姐姐。”爸爸也很开心。

比莉感到十分自豪。毕竟，她是小弟弟第一个对着笑的人。比莉心想，他喜欢我！说不定做大姐姐会是一件很有趣的事。

“好了，我们该走了。”爸爸说，“我们回家找找佛瑞德先生，好吗？”

等他们到家的时候，杰克正坐在比莉家的门前台阶上等着，他的怀里抱着一样东西，大大的、毛茸茸的、湿乎乎的，还沾满了泥。

“是佛瑞德先生！”比莉高兴极了。

“天哪。”爸爸说，“你是不是把他丢在外面，让他淋雨了？”

比莉点点头。她给了可怜的佛瑞德先生一个大大的拥抱。她真的是很想很想他！

“我不想把佛瑞德先生给诺亚了。”比莉说，“不管怎么说，对于新出生的宝宝来说，佛瑞德先生有点旧了，而且还脏兮

兮的。”

比莉知道，在未来的大多数日子里，当大姐姐会是很有意思的一件事；可是在有些日子里，她也会有想当小宝宝的时候。那时候，她还是会需要佛瑞德先生的陪伴。

“那么你要送给小宝宝什么礼物呢？”杰克问。

比莉甜甜地笑了，她说：“我们的小宝宝需要一只新的泰迪熊！属于他自己的泰迪熊！”

说完这句话，比莉又咯咯笑了起来。她接着说：“而且你知道吗？我觉得佛瑞德先生需要好好地洗个澡了！”

小糊涂
过生日

1

比莉·B·布朗拿着十份请柬，拎着两袋气球，还夹着一盒彩色铅笔。你知道“比莉·B·布朗”中的“B”代表着什么吗？

它代表着“Birthday”——生日。

比莉·B·布朗的生日就快要到了，是不是很兴奋？

比莉可以邀请十个朋友来参加她的生日聚会。这对比莉来说可是一件伤脑筋的事，毕竟她的班上有足足二十一个同学呢。

比莉想要邀请每一个同

学，但爸爸妈妈怎么也不同意。他们说十个小孩子已经够热闹啦！

比莉正打算写请柬，杰克帮她想到底邀请谁来参加她的生日派对。杰克是比莉最好的朋友，也是她的邻居。

“我知道了！”比莉一边掰着手指一边说，“咱们班除了我以外一共有十个女生，我只邀请女生就刚刚好了。”

杰克听了比莉的话有些不乐意。“那我呢？”他说。

“啊！”比莉说，“当然有你啊。”

比莉的生日派对绝对不能少了杰克！

“那我不邀请洛拉，她很烦人。”比莉说，“九个女生一个男生，这样怎么样？”

“这样的话，洛拉就成了唯一一个没有被邀请的女生了。”杰克分析道，“她会很不高兴。你这样做会伤害她的，她一定会很

生气。”

“你说得对。”

“也许你应该邀请五个女生和五个男生。”杰克提议，“这样就公平了。”

“好主意。”比莉说。不过她还是不太满意，她只能想到四个她愿意邀请的男生，她觉得班里其他的男生又吵又蠢。

我的天哪！真让人头疼！

最后，比莉决定邀请四个男生和六个女生。

比莉的妈妈把请柬的内容写在一张纸上，让比莉照着它抄写。妈妈写得很匆忙，因为比莉刚出生的小弟弟饿了，妈妈要去喂他。

她在纸上这样写道：

周六　4月4日

下午　12:30

比莉用彩色铅笔写好了所有请柬。

这是其中一份。看上去还不错吧？

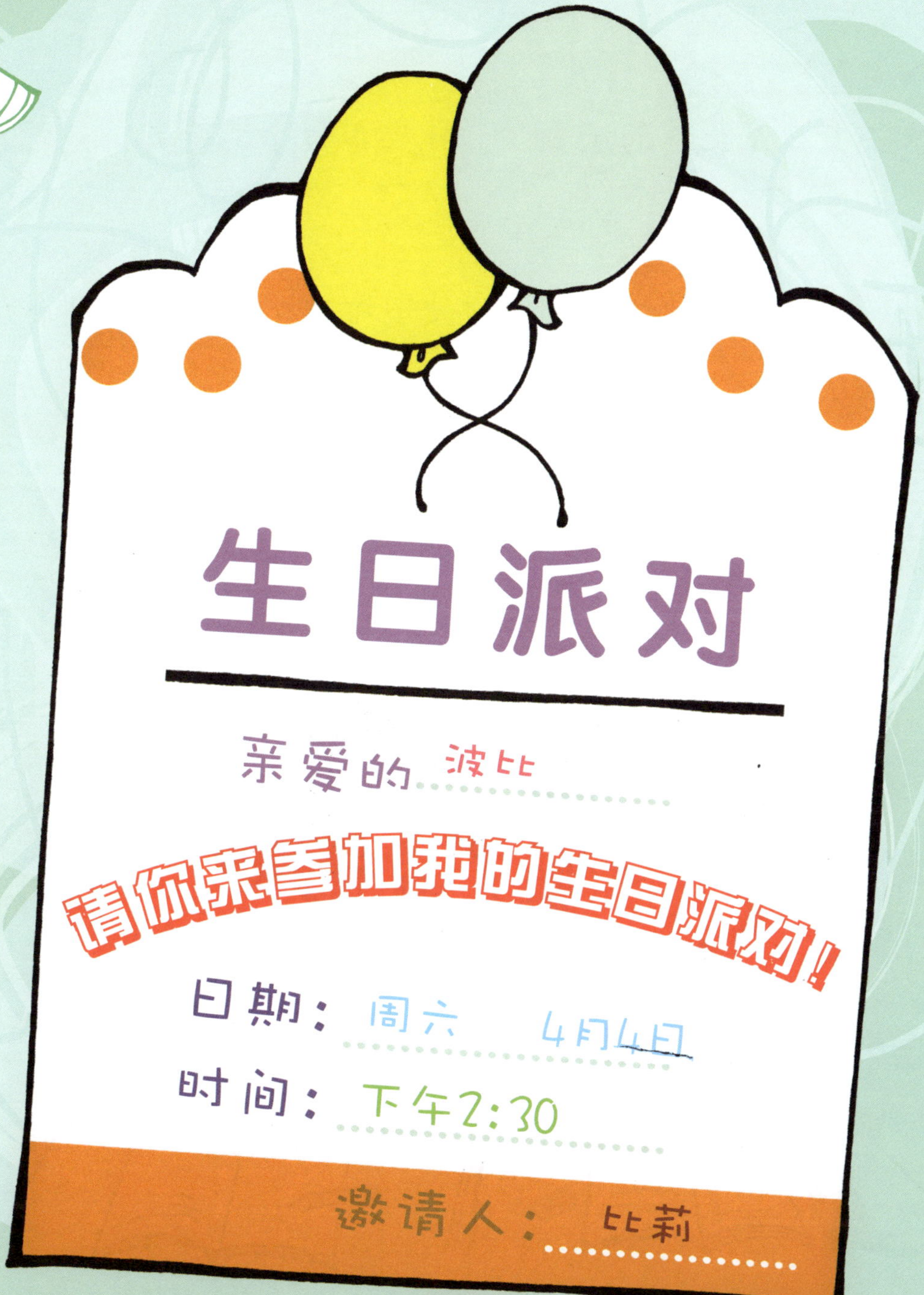
生日派对

亲爱的 波比

请你来参加我的生日派对！

日期：周六 4月4日

时间：下午2:30

邀请人：比莉

2

还有五天就是比莉的生日了，她兴奋极了。每天，她都在学校问大家是否会来参加她的生日派对。

但她必须很小声地说话，因为她不希望那些没有受到邀请的同学感觉被孤立。

“这周六，你会来参加我的生日派对吗？”比莉在课堂上对波比悄声说。

“会的！”波比回答，“比莉，你已经问过我十遍了。”

“那你会送我礼物吗？”比莉接着问。

“比莉，波比，课堂上不许说话。”沃尔顿老师发话了。

可比莉实在是太兴奋了，怎么也安静不下来。

“我的天哪。”沃尔顿老师忍不住说，“比莉，你早饭吃的是跳跳豆吗？”

她让比莉坐到了第一排，坐在自己眼皮底下，因为她一直在座位上扭来扭去。

每天下午，比莉和杰克都会一起讨论他们打算在派对上玩的游戏。

比莉把想到的游戏都记在一个专门的紫色笔记本上。上面的内容每天都有新的变化。

很快，游戏单变成了这样：

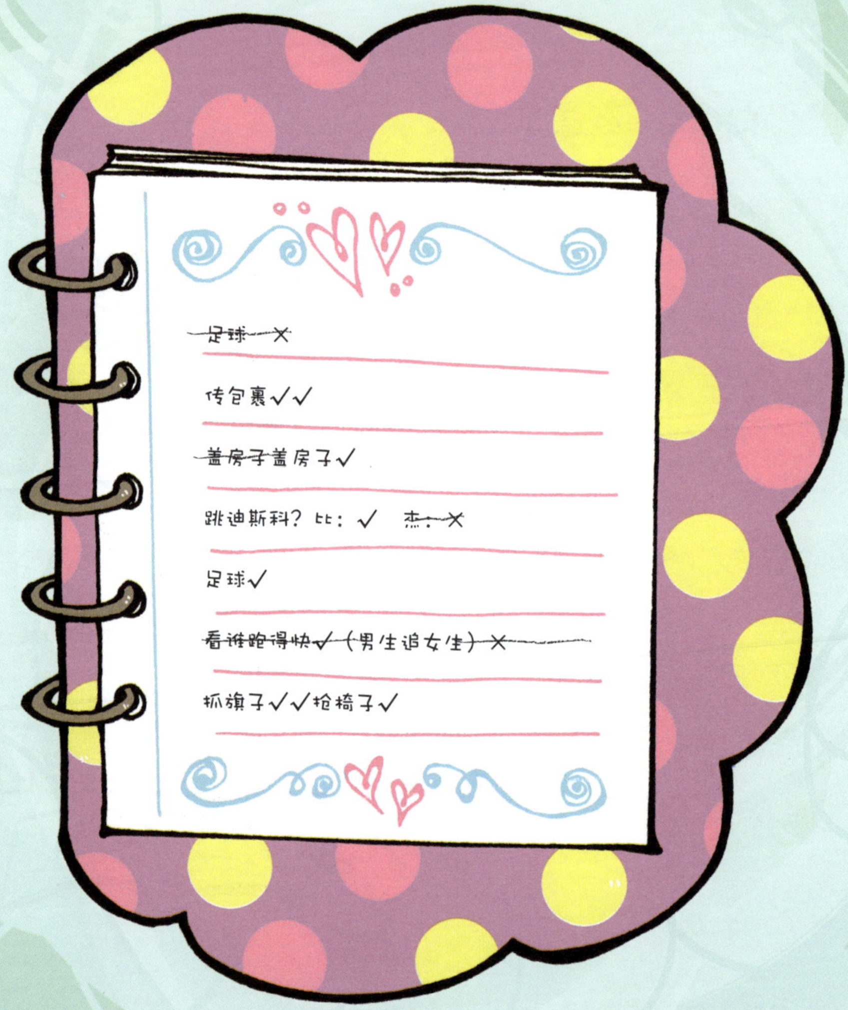

每天晚上，比莉都会问爸爸妈妈离生日派对还有几天。

每天晚上，爸爸都会告诉她："比你上次问的时候再少一天。"

“比莉，别担心了。”妈妈安慰她说，“没有人会忘记你的生日派对的！”

可是躺在床上的比莉还是很担心。

万一他们不喜欢这些游戏怎么办？万一他们不喜欢我准备的食物怎么办？万一男生不愿意和女生一起玩怎么办？最糟糕的是，万一、万一……没有人来怎么办？

3

星期六终于到了。比莉一大早就冲进爸爸妈妈的房间，看他们是否已经醒了。妈妈正坐在床上给诺亚喂奶，爸爸还在睡梦之中。比莉在床上蹦来蹦去，想要叫醒他。

比莉的爸爸揉了揉眼睛，打了个哈欠。

接着他从床底下掏出了他们送给比莉的生日礼物。

“比莉，生日快乐！”爸爸妈妈说。

比莉打开礼物，里面有好多好多好玩的礼物。她觉得自己幸福极了。

“小心，别让诺亚吃到纸了。”妈妈笑着说。

一家人在床上进行一场盛大的生日大拥抱，突然间，比莉坐了起来。

“现在几点了？”她问，“我的生日派对是不是快要开始了？”

“比莉，还早着呢。”妈妈说，“你的朋友们十二点半才会到。而且，别忘了你还要去杰克家吃一顿特别的生日早餐呢。”

“十二点半！”比莉有点失望地说，“那还有好久好久呢。我吃完早餐留在杰克家和他一起玩儿，可以吗？”

“可以。”妈妈说，“爸爸妈妈很快就会起床，准备你的生日派对。”

比莉穿上她的晨衣，跑下楼，向后花园奔去。她从围栏上的洞里钻进了杰克家的花园里。

杰克正坐在餐桌前等比莉。

“快进来吧。”杰克的妈妈听到比莉敲门，一边开门一边说，“比莉，祝你生日快乐！我们做了你最喜欢的早餐——香蕉薄煎饼！”

“好香！”比莉欢呼道。

杰克的妈妈专门为比莉做了一盘特制的香蕉薄煎饼，上面浇了蜂蜜，还撒了糖霜。

杰克送给比莉一份礼物，是一套乐高玩具！正是比莉想要了好久的那套。

比莉和杰克坐在客厅里一起搭建一个超酷的火箭。

就在这时，比莉突然抬起头问："现在几点了？"

"十二点十五。"杰克回答。

"快！"比莉着急地说，"大家马上就要到了！我们得准备好！"

他们俩飞快地跑回了比莉家。

比莉跑上楼，换上专门为派对准备的礼服，然后又跑下楼，直奔厨房。

"时间刚刚好！"比莉的妈妈微笑着说，"派对已经准备好了。爸爸正哄诺亚睡觉呢。你们两个坐在前门的台阶上迎接大家怎么样？"

"好！"比莉和杰克齐声说。说完他们就飞快地跑了出去。

"现在几点了？"

比莉问。

杰克看了看表，说：“现在已经十二点半了。这之后到的人都迟到啦！”

比莉咯咯笑起来，说：“别担心，他们马上就会到的。我问过了每一个人，他们都说会来。”

比莉和杰克继续等，等呀等，等啊等……

可是没有一个人来。

4

“杰克，现在几点了？”比莉的声音小得都快听不到了。

杰克看上去也很不安。他低头看了看表，说：“已经快一点了。”

比莉的眉头皱得紧紧的，她的朋友们不可能都迟到了。

就在这时，比莉的肚子里涌起一种说不出的滋味，她的下唇开始止不住地发颤，一颗颗豆大的泪珠从脸上滚了下来。

没有人来参加她的生日派对！

这时，比莉的妈妈从前门走了出来。

“我的天哪！”她说，“他们怎么全都迟到了！”

比莉终于忍不住放声大哭。“他们不会来了！”她伤心地哭喊着，“没有人来参加我的生日派对！没有人喜欢我！”

妈妈紧紧抱住比莉。“你的请柬都发出去了吗？”她问。

“都发了！”比莉抽泣着说。

“每个人都会来吗？你问过了吗？”

“我问过了！”比莉继续抽泣着说，“当然问过了！我每天都问！”

比莉伤心地哭个不停。再没有比这更糟糕的生日了，没有一个同学愿意来参加她的派对。

“你确定你写对日期和时间了吗？”比莉的妈妈问，“四月四日星期六下午十二点半？”

“我没写错！没写错！”比莉哭得更大声了。

听到这里，杰克皱了皱眉，他似乎想起了什么。

你能想起来吗？

杰克突然跑回了家。几分钟后，他又回到了比莉和她妈妈的面前，手里挥舞着他那份请柬，脸上还挂着灿烂的笑容。

你知道为什么吗？

再翻回去看看比莉写的请柬吧。

没错！比莉写错了请柬上的时间。正确的时间应该是十二点半，可她却写成了两点半！

比莉的妈妈写得太匆忙了，所以比莉这个小糊涂没有看清楚她写的字。

不过可以肯定的是，比莉的朋友们都来啦！

比莉擦干眼泪，大声地笑起来。杰克和比莉的妈妈也笑起来。小糊涂的生日派对总算开始啦！